초인 박옥태래진
대표명시 200선
PARK OK TAE RAE JIN

초인 **박옥태래진**
(명예:文博 · 哲博)

NOBEL TIMES

초인 박옥태래진
대표명시 200선

초인 **박옥태래진**
(명예:文博 · 哲博)

PARK OK TAE RAE JIN

박옥태래진의 명시선집을 읽고

도창회(시인, 전 동국대 교수〈文博〉)

박옥태래진 시인의 이번 시집은 전번에 출간한 『사랑과 영혼의 블랙홀』시집보다 훨씬 능란한 솜씨를 보인 작품들로 보인다. 내용이나 표현 기법이 모자람이 없을 정도로 완벽을 기했다는 뜻이다. 이 시집 속에 상재한 시들을 독파해 본바, 소재素材나 주제主題와 이미지 영상에 있어 가히 화자의 창작의 천재성이 여실히 드러난다. 연속된 시행들의 이미지 연결이 무리없이 잘 결부되고 시행 속에 들어 있는 시어詩語들이 뻗어 나가는 논지論旨에 적확的確하게 들어맞아 시창작 솜씨가 과시 도통道通했다고 하겠다. 더더욱 감동을 받는 것은 철학편과 영혼편의 시 속에 들어 있는 깊이 있는 내용과 사랑편과 자연편의 시 속에서 발견되는 감성感性은 어느 누구도 따를 수 없이 풍요롭다는 점이다. 때때로 난해하다는 감이 들어도 자세히 탐독하면 그 절묘한 경지가 가슴을 옥죈다. 그리고 사랑편, 자연편, 철학편, 영혼편에 실린 작품들이 각 편編마다 창작기법을 달리하고 있다는 점을 간과해서는 안 될 것 같다.

사랑편의 시들은 열렬한 뜨거운 사랑을 적나라하게 표현을 하고, 나름대로 자스민꽃의 향기어린 깊은 감성을 우러내는 작품들로 빛난다. 또한 자연편의 시들의 소재는 자연친화 내지 자연사랑으로 대변되는 소재들로 진정 여자연如自然한 시들이 가슴에 닿아 크게 감동을 준다. 그리고 철학편 시들은 시 속에 우주원리와 인간이 우주에 처한 자연 속 근원의 불가분의 세계를 적나라하게 보여주고, 영혼편의 시들은 무척 난해하기는 하지만, 씹으면 씹을수록 깊은 맛이 난다. 우주 속에 나를 포함한 인간들의 자성自省과 죽음 앞에 발버둥질 치고 있는 인간들의 영혼구제靈魂救濟를 너무나 절실한 연민의 눈으로 그는 바라보고 있다. 실로 이 편四編 속에 실린 시들은 극적인 파노라마로 돌고 있어 가슴 한 쪽이 펑 뚫리는가 싶더니, 다시 아련히 가슴을 옥죄이며 돌아옴은, 독자의 심중에 거울을 디밀고 있기 때문일 것이다.

끝으로, 한국에 이만한 시인이 있다는 것은 우리들의 행운이다. 이 시대의 시성 박옥태래진 박사의 명시선집을 높게 추천하는 바이다.

제1부 사랑편

제2부 영혼의 명시편

제3부   철학의 명시편

제4부   자연의 명시편

제5부   수필

제 1 부
사랑편

사랑을 지샌다

너를 지새고 나를 지샌다
봄을 안고 다가선 너는
짙은 히야신스의 향기처럼
잠든 나의 영혼을 깨워버린다

어느 봄날 천사가 왔을 때
그 때도 나는 계절을 지샜고
천사가 떠난 그 계절에
다신 사랑을 안 믿게 되었는데

밤새도록 눈동자 쪼아대고
이마에 둥지를 튼 새
아침이면 시간도 지쳤을 때
향기처럼 날아가는 피앙세여도

그래도 어쩔 수 없는 일
나의 잔인한 사랑의 군대는
봄의 나팔에 진군하면서
후회할 사랑 또다시 지새나니.

애련가 愛戀歌

그대여 안녕!
미리 이별의 인사를 해 두어야 하네
헤어질 수 없는 사랑이어도
이별의 날이 올 때에
그 때는 차마 안녕이라 말 못함에
그대여 감추며 미리 안녕을 해 두려네

행복한 그대여!
나는 미리 눈물을 흘려 두어야 하네
어차피 헤어질 운명에서
이별도 사랑이 될 때
그 때는 눈물 감추고 웃어야 함에
눈물 마르도록 미리 울어 둬야 하네

눈치 빠른 그대여!
미리 헤어지기 전에 울지를 마오
어리석은 인간의 사랑에서
안녕이란 말도 마오
내가 앞서 말하고 울기 전인데
내게 웃으며 숨어서 먼저 울지를 마오

잊어 주오 그대여!
헤어지기 전에 미리 잊어 주오
담담한 인연의 눈빛으로
침묵의 이별을 고하고
잊었다고 한 먼 훗날에도 못 잊고
병들어 가는 날 봐도 영영 잊어 주오.

내게 열쇠를 주오

내 영혼과 심장을 열고 들어와서
불을 질렀던 벅찬 사랑이여
길손처럼 왔다가 떠나가는 임이여

정신이야 잔꾀로 잊어본다 하여도
세포마다 문신이 된 사랑
당신 없이는 누구도 지울 수 없어

사랑불길 꺼주오 당신의 빙하수로
비밀한 열쇠도 돌려주오
당신이 열어 버린 사랑자유 열쇠를

닫아주오 떠나기 전에 사랑의 문을
남은 상처야 감당한다 하여도
당신향한 사랑문은 닫을 수가 없어.

어찌할꼬

고백하고 그리움만 더해 가면 어찌할꼬?
참다못해 심장이 소리를 지르면 어찌할꼬?
내 세포들 모두 너 되어 버리면 어찌할꼬?
그러다 너도 나처럼 되어버리면 어찌할꼬?
장대 빗물에 젖은 이 사랑 이젠 어찌할꼬?

사랑의 노래

육지와 바다가 만나는 순간
태풍이 몰고 온 해일이 숨차게 덮친다
멈출 줄 모르는 거센 파도는
벌거벗은 하얀 이빨을 내밀고
하이에나처럼 물어뜯고 흔든다
태양과 섬들이 침몰하고
해변의 갈대밭은 통곡을 한다
고래 떼들이 뭍으로 자살을 기도하고
갈매기들이 구름 속을 울며 난다
낮과 밤이 제 시간을 잃고
시간도 헝클어져 버렸다
항구로 깊숙이 파고드는 파도에
소금 모래알들이 물안개가 된다
흐르는 바다 속에서 대지가 춤추는가
터지는 용암에 바다가 들끓는다
조각난 난파선도 닻줄이 끊어지고
천지의 아우성이 혼을 만들 때
육지와 바다는 숨을 멈춘다
아! 억겁의 시간이 순간일 줄이야
황홀한 죽음의 넋들이 해변에 누워서
파도가 사라진 수평선을 애무 한다
해일이 왔다간 흔적이 그리움이던가
지친 대지위로 무지개가 핀다.

사랑의 블랙홀 2

그대 향한 사랑의 꿈 이루지 못할지라도
서로 사랑한다는 것 하나만으로도
난 우주선을 타고 별세계를 향하고 있어요
그리움에 허우적이며 무중력 상태가 되어도
당신의 별 너무 멀리에 있는 은하일지라도

내게 사랑의 묘약이 따로 없어요
그대 눈빛 하나에도 취하고 몽롱한 것을
완벽한사랑, 완벽한사람, 완벽한인생 못 되도
서로 사랑한다는 것 하나만으로도
아름다운 세상이 내게 펼쳐져요

아! 오늘도 사랑의 꿈 쌓고 부수어요
그리움이 몽혼 되고 넋이 되어 만날지라도
놓을 수 없는 그대를 향한 은빛물결 사랑
황홀한 죽음 같은 무중력의 유영
사랑의 블랙홀로 빨려드는 유성이어요.

사랑도둑

떠나간 그녀가 없어도
가을단풍은 물들 거라고 했다
시간은 여전히 흐르고 심장도 멈출 리 없고
꿈은 정신과 함께 산정을 향해 오를 것이라 했다
그녀 떠난 후
하루 이틀 나는 그녀를 그렇게 비웃으며 잊었다
그랬었는데 그녀가 나 일 줄이야

나에게서 그녀가 빠져나간 얼마 후
어느 날
내가 없어졌음을 알았다
나를 이미 도둑 해가 버렸다

나의 기쁨과 눈물이 그녀였고
내 영혼과 육신이 그녀였으니
그녀가 나였고 내가 그녀였던 것이다
그녀는 나를 떠나면서
그렇게 날 모두 가지고 가 버렸다

내 삶의 시간과
산정의 꿈마저 그녀를 따라 가버렸고
내게 남은 것이란
그녀가 훑고 간 가을상처 길목에
낙엽을 몰며 바람에 뒹구는
색 바랜 운동화 한 짝 뿐이었다.

백야의 그리움

오! 눈이 없어도 임이 보이고
코가 없어도 임의 향기 그윽하니
귀 없어도 속삭이는 임의 목소리 들리누나
생각만 하여도 짜릿한 임의 입김 어느새 와 닿고
아득히 떨어져 있어도 임은 언제나 곁에 있어라

오! 사랑은 위대하여라!
그 위대한 경지 누가 만들었는가?
오직 사랑만이 일으킬 수 있는 영혼의 오로라
온 밤을 지샌 눈동자에 헤일수 없는 그리움의 별들
아침 해가 떠올라도 사라질 줄을 몰라라.

휘파람

휘파람을 불면 오세요
들뜬 바람이 모퉁이를 돌 때에
장님처럼 뒷걸음질로 오세요
당신은 앞만 볼 줄 알잖아요?

휘파람을 불면 오세요
산 너머 남풍이 울며 떠나갈 때
먼 훗날 잊혀질 그때 오세요
당신은 후회할 줄도 모르잖아요.

당신은 나의 블랙박스

나의 모든 것 당신의 것이야
나의 생각도 행동도
당신이 원하는 대로
나란 없어 오직 당신뿐이야

당신은 나의 블랙박스야
나의 남은 현제와 미래
나의 모든 비밀까지도
당신의 눈빛에 숨겨져 있어

활화산의 정열로 솟구쳐
산으로 굳어진 용암처럼
우리의 사랑 화석처럼 남을
난 당신 천년 타임캡슐이야.

사랑은 끝없이

그대가 내 심장 속에 있는데도
그대가 그리워
무시로 그리움 열어 떠올리는 얼굴
내 속에 있기만 해도 좋을 당신인데
왜 더 바라며 그리워하는 것인지—

내 가장 깊은 심장 속 파고 들어와

뜨거운 피와 뛰는 심장 소리 들으며
내 사랑 확인하고 있을 그대인데
왜 자꾸 불러 심장소리 멎게 하는지—

그대와 함께 더 없이 행복할 때에도
그 행복함도 왜 항시 아쉬워하는지
그것들이 모두 속됨이라 한다면
차라리 더 속되어 하나이고 싶어져—

이제야 그대 깊은 사랑 그 말 뜻 알겠어
"우리 죽어 하나가 될 수 있다면."하던
"날 한 시라도 잊지 말고 찾아야 해."하던
난 이미 그대 가슴 파고 들어가 갇혔어

내가 그대 심장 속에 있는데도 그대가 그리워
사랑이 어차피 그런 거라면
이대로 죽어 그대 뛰는 피라도 되어
그대 온 몸에 퍼진 그 하나이고 싶어져—.

상사병

세상이 내 앞에서 사라져 버렸습니다.
가슴을 들뜨게 하던
그 꽃들도 보이지 않고
차마 잊지 못할 새소리도 들리지 않습니다.
그윽한 숲의 바람과
하늘의 구름들 어디로 갔는가?

폐부(肺腑) 파고들어와
온 몸 취하게 하던
들국화와 쑥 향기도 맡을 수 없고
입술은 말라붙어
혀의 미감도 잃었습니다.
모든 촉감이 화상을 입어 굳어 버렸습니다.

아! 언제부터 내가
이 병에 걸렸던가?
그녀를 처음 본 순간이 언제이던가?
단 한 번으로 심장이 뚫려버린
그 화살의 눈빛, 영영 뽑을 수는 없는가?

네 창 밖을 바라봐

네 창 밖을 바라봐!
밤마다 찾아가는 내 슬픈 그리움
하루 종일 너의 집 맴돌다
어둠 내린 네 창가에 쓰러진 채
말 못하는 아픔으로 울다
다시 돌아가는 그림자 거기 있어

네 눈 밖을 바라봐!
비집고 들어설 수 없는 너의 가슴
바람에 설핏 옷깃만 열리어도
가슴 뛰면서 주저앉는 내 슬픔
자유롭게 네 창 드나드는

달빛이 부러운 내 사랑 거기 있어

네 정情 밖을 바라봐!
오늘도 너는 내게서 놀다 갔지만
네 웃음 나를 더욱 슬프게 하고
내 심장의 실핏줄 터져도 모를
그런 너를 만나는 나는
그래도 네 창 차마 열 수가 없어

네 맘 밖을 바라봐!
네 창에 뿌려지는 내 눈물들을
빗물이라 여겨, 보아만 줘도 좋을
그런 나는 네 앞에서 날마다 죽어
넌 나의 것이 될 수 없고
난 네 것이 될 수가 없음, 알고 있기에.

밀알

그대 허락으로
내 꿈은 이제
대지같이 넓은
그대의 가슴 위에 뿌려진
한 알의 밀 알

그대 따뜻한 품속에서
밀 알 싹이트도록
그대 미풍으로 감싸 주오

먼 훗날
밀 알 익어 퍼져 나가
그대의 대지가
황금빛으로 물들 때

우리 새들의 둥지는
그 곳 밀밭에 있으리

나의 그대의 것이여
태양과 햇살과 미풍
그리고
밀밭에 일렁이는 노래

그것들은 모두
나의 그대의 것이리―

열정의 사랑 앞에서

백마의 발굽이 지평선을 부수고 꽃을 뿌린다
술잔의 거품처럼 입술에서 깨지는 갈증의 환희
모든 것을 버린 댓가로 너의 노예가 되었나니
천둥보다 크고 빛보다 날카로운 너의 신음에서
슬픔이 계곡을 메워도 터진 포탄은 빛이 되누나

가장 자유롭게 헝크러진 모습이 신의 모습이다
침묵이 오히려 더 많은 고뇌의 고함을 지르나니
사형수의 목에 매달린 꽃에 나비가 와서 앉는다

사랑의 유서 따윈 가치 없는 젖은 구름 같은 것
절망도 죽음도 환락에 불 붙이는 기름일 뿐이다
너의 육체에 나의 불을 묻고 천 년을 가두어도
나의 혼은 썩지 않고 뜨겁게 살아 움직일지라
오! 태양이 관을 짊어지고 뱀의 굴로 들어간다
화산과 지진을 일으키는 정열이 춤을 추나니
건드리지 말라 시간의 눈빛에 칼날이 서 있다

뱀이 꽃의 속살을 뚫고 땅속을 애무하는 순간
샘물에 걸친 두레박 줄 위엔 위기가 목마르다
노을도 팔을 벌려 빛을 유혹하고 숨을 멈추나니
너의 가슴으로 굴러 떨어진 나의 숨찬 눈물들은
고뇌의 번개가 되어 대지 위에 분화구를 뚫는다

오! 취한 밤이 어둠을 지새다 아침이슬 될 즈음
정열의 욕망은 용암으로 녹아 바다에 떨어지고
나를 노예 삼았던 너의 노예는 처참하게 지쳐서
마차에 실려 궁휼히 팔려가는 씨앗의 몸무게로
태초를 잉태시킨 한 방울의 엉킨 정액이 되었다.

*사랑의 섹스를 시로 표현 함.

왕비의 사랑

햇살처럼
비단 침실로 사랑이 온다
알몸의 곡선이 날개로 빛을 휘감고
사랑의 붉은 입술에 걸쳐진 언덕엔
무르익은 과일들이 가득 열렸다
속삭임을 휘날리는 머리카락으로
바람이 바다를 업고 세차게 밀려온다
사랑은 공격도 방어도 준비 못한다
우아함이나 고고함도 들판에 두고
음습한 동굴의 허공을 헤치면서
칼날의 피보다 두려움 없이 온다
호수를 감춘 눈동자에 화산이 솟고
마법의 망토가 하늘을 덮어 버릴 때
때지은 소라들이 귓볼에서 울어대고
윤기흐른 밤의 입이 파도를 핥는다
비릿한 침묵이 거품으로 퍼덕이고
황홀한 젖가슴에 천길 무덤을 판다
무덤으로 두 마리의 학이 날아 들고
제왕이 왕비를 살해 할 때
왕비는 제왕을 무덤으로 모신다
그리고 사랑은
그늘처럼 끝이 난다.

네가 어느새

네가 어느새
내가 되어 버릴 줄이야

한 순간일지라도
네가 나를 빠져 나간다면
난 껍질로 무너져 내린
빈손의 허공이야
네가 어느새
내 목숨 되었을 줄이야

꿈결 속일지라도
네가 나를 두고 떠난다면
난 이미 절벽에 던져진
비 젖은 낙엽이야.

숲 속의 내 사랑이여!

햇살 가득한 봄날의 숲에서
그대와 나 산 목련 그늘에 누워 있네
꽃향기는 그윽하게 퍼져 있고
숲의 정령들은 모두 깨어나
춤을 추며 우리를 에워싸고 날으네

팔베개로 안겨든 그대 초롱한 눈동자로

파란 하늘은 내려와 반짝이며 흐르고
산새 소리들이 그녀의 입가에서 들려오네

내가 그녀에게 말 하네
"당신의 눈빛과 예쁜 미소는
산향기보다 그윽하고 상쾌합니다
그대 얼굴은 산 목련 꽃보다 곱고
그대 몸매는 햇빛안고 우아하게 핀
인동초 꽃보다 더 황홀합니다."

그녀가 나에게 말 하네
"우아한 숲의 향기와 만발한 산 목련 꽃들과
푸르른 하늘과 산의 싱그러움들 까지
그 모든 한 아름속에 저의 전부를 묶어
당신에게 드립니다."

내가 다시 말 하네
"오! 하나뿐인 나의 사랑이여!
나는 내 인생 전부를 당신에게 드립니다
나의 허락도 없이
나의 영혼이 이미 전부 드려 버렸습니다."

아! 무르익은 산새들의 사랑 노래들
벌 나비 뛰는가슴은 꽃 속으로 안기고
따사로운 햇살이 꽃향기와 춤을 추는
영글은 산과 숲의 영혼에서
그렇게 우리는 서로의 사랑을 차지하네.

그대와 함께 있는 밤이면

그대와 함께 있는 밤이면
내 영혼의 새는 신의 가슴으로 치달아요
사랑의 혼 불은 시간을 정지 시키고
피어오른 열정은 밤을 지워 버려요

그대와 함께 있는 밤이면
내 가슴에는 태양만큼 한 모닥불 피고
사랑이 왔다 가는 길일랑은 묻지 않아요
아무 말 없어도 함께만 있으면 좋아요

그대 내 품에 잠들어 꿈꿀 때면
그대여! 대지같은 내 가슴에 꿈의 밭을 갈아요
가슴의 정원 가득히 사랑의 꽃씨 뿌리고
하얀 발 내딛어 행복의 춤 맘껏 춰요

그대와 함께 있는 밤이면
나는, 그대 눈동자의 꿈나무에 영글은
행복의 열매를 밤새도록 거두어요
하늘이 감춘 신의 행복까지 함께 훔쳐요.

불멸의 사랑과 영혼

그 누구도 막지 못할 용암의 분출이다
가두었던 사랑의 둑이 터져버렸으니
예기치 못한 것엔 운명도 도망을 친다

사랑의 열병엔 정한 법이 필요 없어
지혜와 이성이 무시된 채 진군 하는
상대를 향한 감성의 깃발 군대뿐이다

정벌군 진군의 북소리 심장에 넘치고
창과 방패가 필요 없는 불꽃의 전쟁
태양보다 눈부신 황홀한 오로라 전투

불멸의 사랑과 영혼을 불 사룰 지니
태초의 우주가 블랙홀을 만드는가?
추락보다 아찔하게 넋도 육탈 하누나.

일식과 월식 사랑

낮이면 일식이요 밤이면 월식이리니
너는 나를 삼키고 나는 너를 삼킨다
해와 달이 결합 되는 황홀한 의식에
영혼과 육신이 하나 되는 절정의 순간
어둠과 빛은 그리워 서로를 점령한다

서로 엉켜 세상을 지워버린 사랑으로
끝내 빛과 어둠은 하나로 충만 되니
천지를 요동케 하는 천공개벽이런가
빛들이 부서지며 별들을 산란시키고
천지는 어둠 속에서 절정을 연주한다

오! 떨어지기 힘든 두 입술의 별리도
천공 너머 숨소리 은하에 걸었는가
갈라놓을 힘조차도 아득한 뒷걸음질
아! 너와 나는 밤낮이 사라진 적멸로
너는 나를 삼키고 나는 너를 삼킨다.

하늘같은 내 사랑아

사랑아! 내 사랑아 ―
하늘과 땅 사이 수많은 인연 속에
우리 만남이 어찌 우연인가? 필연이야!
만나서 지금까지 서로의 뜻 하나로
서로를 위하여 보듬고서 나누워 온 세월
거친 세상에 서로 마음 상할까 수 십 년

그대는 나요 난 그대
사랑아! 이 세상을 돌아보아도
내 사랑은 오직 그대뿐이야
내속에는 항시 그대눈물이 그대기쁨이
심장 찢는 맥박으로 전해져 온다오.

나 어찌 그대를 한시도 잊을 수 있으리
어려움 속에 서도 미소만 주는 그대
부족한 나하나 때문에
사랑이라는 그 한 말론 부족해
혼과 넋을 하나로 엮은 우리의 사랑
오! 하늘같은 내 사랑아

사랑과 영혼의 아리아

네가 나로 내가 너로 있기에
나의 사랑이 영혼을 불렀고
나의 영혼은 사랑을 불렀다

들꽃에 취해 나비가 되듯이
태양에 취해서 하늘이 되었고
별빛에 취해 우주가 되었다

부르짖었는가? 울었는가?
지옥과 천국 자연일체사랑으로
진리의 시체를 끌고 다녔음에야

화산 같던 정열의 불꽃으로
인생의 삶 길 밝혀 태워왔나니
사랑만이 생명의 노래였어라

너는 자연이요 신이었으니
너의 영혼이 성령이요 삶이라
나의 시 오직 너의 노래뿐이다.

키스

그대 붉은 입술이 벼락이 되어서
나의 굳었던 입술이 녹아져 버렸나니
태양과 대지가 만난 듯이
세상이 온통 새로운 생명들로 가득 찼네

순간이 무궁으로 날개 짓 하는
사랑의 나비들이 무지개를 따르고
늪에서 잠자던 넋들도 깨어나서
꽃을 피우고 천공을 향하여 춤을 추었네

나는 이제 말할 수도 없다네
그대 진한 키스 속에 영혼을 빼앗겼으니
그 어느 날엔가 그때도 내게 묻지를 마오
내 입술 왜 그때까지 붉게 젖어 있었는지를.

천상의 인연

사랑이여!
우리 사랑 어찌 세상의 언어로 표현하리요
사랑한다는 말은 어설피 갈증만 나고
보고 싶다는 말은 더욱 눈물줄기 같은 걸
모습으로 하나 되어도 하나 되지 아니하고
오직 영혼으로 하나가 가능한 불꽃이려니
그 영혼의 언어 어찌 말로 표현을 하리오
임이여!
우리 만남의 때도 세상의 때가 아니였어요
애초에 하늘의 법령으로 주어진 것처럼
삶의 눈물바다와 세월 고통을 모두 익히고
망망대해 수평선 끝에서 두 섬은 만나
새로운 세상 더 큰 사랑 이루라는 뜻으로
서로를 구조하며 사랑하라 했었으니까요

충만이여!
이제 무엇을 더 바라리까 서로가 나인 것을
영원히 지지 않을 사랑의 태양을 만들면서
그 태양의 복판 태우며 세상을 밝히리니
누가 몰라도 될 둘만의 천상언어의 세상
모두가 새로울 맥박이여! 영혼의 오로라여!
더 큰 자연일체사랑으로 승화시킬 빛이여!

사랑은 밀림의 법칙

오늘도 나는 너를 안고서 정글밀림의 정열로
너의 원초적인 순수한 육신과 혼을 탐험한다
구름을 뚫고 정글 위에 부서지는 밝은 햇살이
너의 감춘 깊은 부분들을 비추며 훑고 지난다

나뭇잎마다 깃털이 되어서 숲에 날아 오르고
사슴의 왕관 위에서는 극락조가 날개를 편다
낙엽 녹은 진액이 대지의 피부에 솟구치니
숲바람과 새들의 날갯짓에 영혼이 깨어난다
침실의 계곡은 땅 속으로 깊은 강을 만들고
산양이 절벽에서 떨어지며 독수리로 변할 때
출렁이는 몸부림은 해일 위에 뜬 조각배라
산봉우리 화산이 밀림의 늪을 불로 채운다

죽여야 살고 부서져야 새로울 밀림의 법칙이
화산과 지진의 육체에서 영혼을 승화 시킨다
순수한 밀림의 영혼만이 태초를 일으킬 지니
너와 나 태초를 잉태시킨 숲의 정령이로구나.

사랑의 빅뱅

밀려오는 비구름처럼 그리움으로 사무쳤던 만남이여!
대지를 뒤덮으며 엉켜드는 하늘과 땅의 한 맺힌 사랑
번갯불로 얼싸안고 천둥과 벼락으로 부서지는 육신은
밤새도록 장우 폭뇌로 스스로 휘감겨 감전 되었으니

타버린 기력과 육즙진액이 소진하여 해골이 되어가도
오! 두 영혼은 사랑의 소용돌이 블랙홀로 자살하나니
몇 번의 죽음도 모자란 사랑열정은 새벽을 밀쳐내고
그리움 원한으로 벼락불에 육탈 되고자한 영혼이어라

어제의 원한이 오늘을 죽이고 내일도 미리 삼켰으니
붙잡힌 순간들을 끌어안고 엮어 헤어질 수도 없기에
하늘과 땅은 한 몸으로 하얀 침실을 황금 피투성이로
전쟁보다 무섭게 서로의 대지에 포탄 쏟아 퍼붓나니

서로를 중독시킨 죽음 같은 사랑의 환희에 취했으니
누가 갈라 놓으랴! 그 누가 저 타는 불꽃을 비웃으랴!
빅뱅의 충돌로 별들을 쏟아내며 태초를 탄생시키나니
불타는 전쟁터는 시간을 정지시키고 밤도 지워버린다.

당신에게 반했어

오늘도 나는
당신에게 반했어
그렇게 날마다 반 해!

잠 잘때나
밥 먹을 때나
웃으며 바라 볼 때나 —

그리고
당신이 내가 밉다고
삐질 때는 너무 이뻐서
나는 미쳐!

나는 오늘도
당신에게 반했어
그렇게 날마다 반 해!

나의 시를 낭송하며
슬픔에 젖을 때나
잠 깨어 날 안을 때는
더 미쳐

그렇게
당신에게 반한 나는
오늘도 당신에게 빠져
나올 줄을 몰라.

사랑에 빠졌습니다

날 지탱해 온 것들이 모두 달아났습니다
그것들이 모두 허구였을까요?

그 잘남과 도도함의 긍지도 깨졌습니다
더 중요한 것이 있었을까요?

내게 말도 안 되는 무지막지한 일입니다
내가 나의 사라짐을 본다는 것

나의 모든 의지와 정신이 그에게 있습니다
그에게 내가 녹아 버렸을까요?

그대 앞에 맥 풀고 몸 져 누워 버렸습니다
내 자신 중요한 것보다 더 중요할까요?

이제 내 판단마저도 그에게 맡겨졌습니다
내가 그의 속으로 사라져 버렸습니다.
그런데 내가 사라져도 행복함은 왜 일까요?

순수한 사랑이라면

믿음직한 그가 부드러운 미소로
꿈같이 나타나면 선뜻 사랑하라
꿈 깨어도 후련한 아침햇살같이
순수한 사랑이라면 천성의 사랑
하늘의 축복으로 오는 것이기에
어찌 인간법으로 허물을 잡으리

누가 무어라며 주판 튕길지라도
첫 순간에 반해버린 사랑이라면
꿈속같이 거침없는 사랑을 하라

사랑하다 그가 넌지시 싫어하면
강물이 흐르다 물줄기 갈라서듯
그때도 유유히 이별에 키스하라.

사랑은 끝나지 않았다

사랑은 아직도 끝나지 않았습니다
떨리는 입술에서 세찬 파도가 일고
걷는 발걸음은 뒷걸음질을 칩니다

내가 아니요 미련도 아니건만
내 육신의 세포가 적응을 못하고
내 명령에 불복종하는 것은

아직 정리가 안 되었기 때문입니다

그대는 이미 떠났어도
그대의 눈빛과 살 내음이 세포마다에
아직 문신처럼 박혀 있습니다

사랑은 정신만의 것이 아니기에
육체의 언어가 살아 있는 한
사랑은 아직도 끝나지 않았습니다

그리하여 맨발의 나는
오늘도 황량한 들판에 깔린
임 그림자를 밟으며 가고 있습니다.

작별

보고 싶다는 말은 하지 않으련다
눈물이 나올까 봐
사랑한단 말 하지 않으련다
가슴이 터질까 봐
기다린다는 말도 하지 않으련다
서로 못 잊어 쓰러질까 봐

삶의 길이 오솔길 같은 그리움으로
멈출 수 없이 오르는 산행 길
길섶에 머문 꽃이 되지 못하는 나
따라올 수 없도록 들꽃으로 핀 너

서로 멀어져야할 운명이기에

냉정한 발자국이 피를 흘린다
오열하지 않으려는 몸부림이어도
노을이 붉게 핀 겨울이 오면
가뭇한 눈사위로 졸음이 오듯
지친 그리움 그때는 날 내려놓겠지

보고 싶다는 말은 하지 않으련다
눈물이 나올까 봐
사랑한단 말 하지 않으련다
가슴이 터질까 봐
기다린다는 말도 하지 않으련다
서로 못 잊어 쓰러질까 봐.

백합화

침상에 무르익어 백합으로 피어난 꽃
요염한 자태에 달무리가 눈부시고
달의 언덕에서 분화구가 일어서며
맥박이 자맥질하며 펌프질을 시작할 때
백합은 입을 열고 꽃술을 날갯짓 했다

눈동자가 심호흡을 풀무질하고
백합의 분화구에서 소생하는 새들은
하늘을 날지 못하고 연줄에 묶이어
핏빛 가슴의 지평선에서 조종당하는 불새

오! 살해된 넋으로 분화구에 떨어진다

밀림의 태풍이 사막을 없애고
바다의 해일이 육지를 삼키는 하늘에서
새들 떼 지어 날아 승천하는 용을 붙잡고
보아 뱀에게 통째 삼켜진 넋의 최후라
오! 죽어서 다시 핀 영광의 백합화여!

만남 2

당신이 내게로 온다면
내 심장 두 개라도 감당치를 못하고
마음이 두 개라도 여유가 없으리

사랑한다 내게 말 한다면
행복에 겨운 기쁨에 가슴이 터질 거야
아마 영혼마저 취해서 몽롱할 거야

그러나 당신이 이별을 고한다면
슬픔으로 문드러진 나의 넋을 볼 거야
멈출 심장 하나인게 고마워질 거야.

청나리꽃

그녀를 만난 순간부터
나는 천둥과 벼락을 맞았었네
맑은 눈동자로
빨려드는 태양의 정오처럼
온 몸 전율하도록
휘감기는 열정이 솟구쳤네
스며드는 몽롱한 나의 영혼
잊혀 진 나의 언어들
사라진 세상과 나의 존재성
숲의 향기도 밀쳐낸
짜릿하게 취해드는 사랑향기
오로라로 피어났었네

그녀의 눈을 통해서만
보고 싶은 나의 모든 세상
그녀의 마음 따라서
움직이는 나의 정신과 육신
그녀로 스며든 영혼
그녀 심장에서 뛰는 내 맥박

나의 모든 것들이
그녀로 시작되고 끝이 나네
이유도 모른 채
청나리꽃 미소로 다가서던
그녀를 만난 순간부터
나는 천둥과 벼락을 맞았었네.

노을빛 아래서

가을 무지개가 피었던 언저리였을 거야
붉은 노을이 바다에 떨어져 번져 갈 때

난
그녀가
너무 고와서
곱다할 수 없었지
치자꽃 향내를 풍기는
그대 고운 입술에 키스할 때
나는 취해 그 꽃술을 벌컥대었어
무엇에 비교할 수 없는 아리따운 자태
단풍이 곱게 깔린 노을 아래로 드리운
매끄런 속살은 정숙하게 말 없어도
그대 눈빛 내게 별처럼 말했지
제왕이여! 날 차지하세요
선녀로 날 찾아 와
불꽃이 되어
안기던
너

백옥의 박꽃처럼 눈부시게 잠이 들 때도
노을 진 삶의 고뇌 내놓을 겨를도 없었어.

블랙홀 사랑

존재를 잃는다 해도 그대 사랑이라면
나날을 연명하는 사랑의 갈증으로
그대 블랙홀로 떨어지는 폭포수이리

물보라 꽃으로 산화되는 열정 사루며
부셔져 내일의 바다가 없어도 좋을
천길 낭떠러지 떨어지며 안기는 사랑

오! 사랑이여! 이런 너는 무엇이길래
사랑 하나에 죽음 길도 행복해 하며
한 줄기 빛으로 철저히 암흑을 뚫는가

태초가 사랑에 의해 빅뱅이 일어나듯
하늘에 별들이 다 떨어진다하여도
그대 블랙홀로 빠지는 오직 사랑 하나.

그리움은 눈이 되어

어제도 내 뒤통수는 우체통을 기웃거렸다
나는 시치미를 떼고 뒤통수의 그 짓을 모른 채 한다
이제 진력이 날만도 한데 해질녘이면 여전히
하루 행사처럼 둘은 그 짓을 겸언쩍게 반복을 한다

아침에 일어나니 문 밖에 소식이 와 있다
그녀가 하얀 살결로 입 다문 채 그렇게 서 있었다

서로는 이제 시간과 거리감각도 잊혀졌다
사랑하는 법도 잊어버리고 만나는 대면도
어떻게 해야 할 것인지 잊어버렸다

어색한 눈빛을 감추는 것도 운명이 잊게 했고
너무나 긴 세월 헤어져 그리움만 알고 있었기에
그리워할 줄 뿐, 다른 모든 것들은 잊혀져 버렸다
언제부턴가 바람이 불면 바람이 그녀라 믿었고
비바람 천둥이 치면 그녀가 힘든 것이라 알았고
꽃향기 날리면 그녀가 향기를 보낸다 생각했다

그런데 오늘은 그녀가 밤새도록
잠든 창가에 문 두드리다 쓰러져 잠들어 있었다
창문을 열고, 아! 하고 우리는 만났어도
서로 낯선 둘은 너무 오래된 만남이라
반가운 인사나, 눈 마주칠 용기도 없었다

언제였던가?
그녀의 뽀얀 살결 부비며 끌어안고 뛰던 때가
난 그녀의 뽀얀살결 위를 조심스레 걸었다

나란한 발자국으로 둘은 동행을 했다.
부끄런 속살에 서로의 죄만큼이나 자국 남기며
나의 넋이 그녀의 넋을 만나고 있는 것인가?
눈물도 미소도 없이 너무 성스런 조심 앞에
말을 한다. 염치없이 맨발로 내가 말한다
"그대는 거칠고 차디차진 나를 알아보겠는가?"
발자국엔 눈물만 고이고, 그녀는 말이 없어라

아! 어느새 또다시 겨울이 왔었는가?

먼 산으로 찬바람이 외면하듯 불어가고
빈 가방 우체부아저씨 저 만큼 눈길 지나치는데
오늘도 나는 그렇게 추억을 안고
임을 만나는 그런 나를 모른 체 한다.

사랑의 이름으로

만남과 사랑과 이별은 생명의 축복
자연 순리로 주어진 나눔과 탄생의 생명세상에서

본능적인 열정은 조율되지 않은 젊음
본능에 이성이 부족하면 인생길 험하게 만드나니

이기적인 사랑도 맹목적 욕심의 행진
아름다운 정 남지 않는 한 추함만 삶에 남으리라

이별은 만남이 준 사랑의 아픈 보상
전체 속에 인연 존재하듯 만남과 이별도 축복사라

그리움은 지우지 않고 그리는 덧칠그림
욕구의 화산 비우지 않으면 끝내 자신을 태우리라

사랑은 그리움의 인연이요 나눔이라
바람과 물과 햇살처럼 자유와 평화 서로 주는 것

세상이치 공유 속에 내 것이란 없나니
사람의 인연들 사랑의 이름으로 소유하지 말지라.

그냥 웃고만 있을 거야

아름다운 사랑이라
하늘의 별이나 달빛이라든가
사막의 오아시스나
아침이슬 따위들 말하지 않겠어
그냥 웃고만 있을 거야

열정의 사랑이라
태양의 불꽃이나 화산이라든가
찬란한 행복이나
불멸의 꽃 따위를 말하지 않겠어
그냥 웃고만 있을 거야

이별이 안타까워
심장이 멈추고 목숨 같다든지
세상이 사라진다는
인생의 공허 따위를 말하지 않겠어
그냥 웃고만 있을 거야

못 잊어 그리워
창밖의 소나기가 눈물이라든가
밤바다에 밀리는 파도
침실의 백야 따위들 말하지 않겠어
그냥 웃고만 있을 거야.

그 음악이 흐르는 동안에는

그 음악이 흐르는 동안에는
나는 추억의 영상을 타고
먼 세월로 어느 듯 날아가고 있다네

첫사랑이 시작되던 날
나의 들뜬 가슴은 숨이 막혔고
입술은 말을 잃고 굳어버린 채
그녀를 바라보던 눈빛은
온통 눈부심뿐이라
차마 쳐다볼 수도 없었네

그녀의 직장 전통자수공방은
봄날도 아닌데 온통 꽃이 피었고
조용히 들려오는 음악소리는
천국의 음악으로 들려오고 있었네

"오빠 이 얘 이름은 정순남이야!"
이종동생이 소개 했지만
황홀 속에 난 듣지도 못했네
그녀가 내게 미소를 활짝 지었을 때
아! 내게도 행운이 있다는 걸
그때 난 처음으로 알았었네

그리고 우리는 그 후 사랑의 음악을
날마다 타고 날았었네
나는 벌 나비처럼 사업장에서
그녀를 위해 일했고

신의 가슴으로 치달은 우리 새들은
시간을 정지시키고
서로의 가슴에 꿈의 씨를 뿌렸었네

아! 그러나
음악이 끝나는 날이 있을 줄이야
그녀가 내 친구와 데이트를 했다고
마녀처럼 여동생이 내게 고해 바쳤네
아! 세상이 멈추는 것을
어리석은 내가 무너지는 것을
절망이 있다는 것을
그것 또한 그때에 처음 알았었네

오! 천둥이여 쳐라!
음악이여 부서지고 깨져라!
나는 울면서 돌아서서 달렸네
분노뿐 이유도 알아보지 않은 채
두갈래 길에서 나는 다른 길로 달렸네
아니라고 그녀 울며 사정을 했지만
어리석은 나는 이별을 고했네

아! 음악이 흐르는 동안
나는 추억 속을 날으며 아직도 울고 있네
착함이나 순진함 그리고 자존심
그것들이 얼마나 나쁘고 어리석다는 것을
그리고 긴 세월동안 후회로 살아야 함을
헤어진 후에야 알았었네.

아! 볼륨을 정신이 깨지도록 높여도
아무 소리도 들려오지가 않네

몇 십년동안 가끔 들려오는 겨울 같은
그 슬픈 음악이 흐르는 동안에는
나는 아무것도 할 수가 없다네
그녀를 처음 만났던 그 순간 그 멈춤처럼.

사랑하는 것에는

사랑하는 것에는 생명이 있다
사랑하기에 희망과 절망 속에도
인생이 존재할 가치에 있기 때문이다

사랑하는 것에는 탄생이 있다
사랑하기에 만남과 분열이 있고
파괴에도 새로움이 잉태하기 때문이다

사랑하는 것에는 눈물이 있다
사랑하기에 기쁨과 고통이 있고
이별과 행복에도 슬픔이 일기 때문이다

사랑하는 것에는 투쟁이 있다
사랑하기에 시기와 질투가 일고
미움과 욕구와 탐욕이 생기기 때문이다

사랑하는 것에는 죽음이 있다
사랑하기에 소모와 투자를 하고
세월과 목숨마저 버리려 하기 때문이다

사랑하는 것에는 환희가 있다
사랑하기에 꿈과 미혹에 취하고
환상과 그리움으로 빠져들기 때문이다.

이별 이야기(어느 시인의 사랑)

망망한 바다에 시공을 던지면서
기다리고 그리던 임은 흔적이 없고
북풍이 낚아챈 사랑의 깃발하나 바다에 떨어지니
임은 어느 세월에 찾아와
그 시체인들 인양해 주리요
섬처럼 굳어간 몸 부르튼 눈동자 위로
통통배 하나만 지나쳐도 임인가 하련만은
파도만큼 세월 밀려와도
눈물로 고인 바다엔 애통함 뿐이었다네

아! 어느 날 항구에 밀려온 나룻배 하나 있어
석상은 몸을 싣고 울며 대해를 떠났다네
수평선에 묶어둔 인연 줄도
태풍을 견디지 못하였으니
끊어지는 수평선의 긴 아픔으로
안녕이란 말도 못하고 메마른 눈으로 떠났다네!
너도 못 믿고 나도 못 잊을 사 운명이라서
밤바다가 울고 육지가 대신 울었다네
밤을 지새며 가슴 파며 울다가 떠나갔다네

세월 흘러 떠나간 임도 그 소식 듣고 울었다네

눈물로 만들어진 가물고 가문 메마른 염전에서
야속한 운명으로 다시 만나지 못한 사랑에게
서리꽃으로 핀 한스런 묵념을 뚝뚝 흘렸다네
남모르는 두리번거림으로 배회하던 운명의 이단아
뒤늦은 후회 세상과 운명을 한탄을 하며
검은 가슴으로 떠나간 임의 행복 빌면서
길 가다가도 습관처럼 용서하라 기도한다네.

사랑이었다

운명이 아니었다 사랑이었다
만남도 헤어짐도 사랑이었다

불태우던 열정도 사랑이었고
잘 못 된 세월도 사랑이었다

이슬의 영롱함도 사랑이었고
별빛의 눈부심도 사랑이었다

기다림 그리움도 사랑이었고
이별의 빗방울도 사랑이었다

인연의 고통들도 사랑이었고
죽음의 두려움도 사랑이었다

운명이 아니었다 사랑이었다
선택한 인생길의 사랑이었다.

사랑은 영원한 것

사랑이란 만나서 한 번 시작하면
실패도 없고 이별도 없습니다
순간마다 승리요 아름다움입니다
이별이어도 완성이요 영원입니다

사랑의 시작을 두려워 하지도
이별을 슬퍼할 것도 없습니다
한 번 시작한 사랑은 흔적을 만들고
추억의 역사를 꽃 피울 테니까

사랑의 시작은 자신에 대한 모험이요
상대를 탐험하는 극치의 행복입니다
모험과 탐험의 멈춤이 이별이어도
그 슬픔도 사랑의 변형일 뿐입니다

사랑이 지나간 자리 지워지고
가슴속에 그 사랑이 없다 해도
그 순간 순간들은 어딘가에
차곡이 추억으로 쌓여 있을 테니까

사랑은 빛이요 미움은 그림자로서
잊혀진다 해도 죽는 그 날까지
사랑의 역사 속에 살아 있을 테니까
사랑의 순간마다 완결이요 영원입니다.

사랑합니다

영혼의 불꽃으로 나를 태워
등신불의 열정되어 하늘제단에 날 바치나니
제문을 사루듯이 연기처럼 피어오르는 내 영혼이여!
하눌님 있고없고 오직
세상을 사랑하는 임들의 눈빛 머무는 곳
태양 아래 햇살로 승화된 사랑의 기운 되었으면
나 슬픔은 없으리 아지랑이 여울처럼

사랑합니다
오솔길처럼, 개항하는 뱃길처럼, 낙도의 등대처럼
임들의 영혼에 희망의 싹이 나고
맥박이 고동치는 밝은 환희로
온 세상이 그렇게 하나의 함성으로 하늘을 깨울 때
세상이 나이듯이 내가 그대이리니
나 그렇게 사랑으로 살다 사랑으로 사루어지고저.

비창 2

오! 사랑하는 임이여!
그대 만나기도 전에 헤어진 이후
난 지옥에도 못 가고 있다오

내 가슴의 대지는 날마다 지진이요
영혼은 빈 소라껍질로 윙윙
겨울 바다처럼 울고 있다오

그대 향한 열린 항구로
일생을 마중하여도 임은 오지 않고
쓰린 파도 밀어내는 그리움만
늘어진 수평선을 만들고 있었으니

엎드린 포구로 누운 육신 두고
섬으로 침몰하는 나의 지친 넋이여!
다시는 인양할 수 없는 기억들로
지난 사랑을 수장시키노니

그대여! 보내는 마지막 길에
연꽃 한 송이 파도에 띄워 주오
나 그렇게 그대를 사랑하다 가노니

오! 사랑하는 임이여!
내사랑 보내주오! 보내주오!
빙설보다 더 차가운 그 눈빛으로—.

제 2 부

영혼의 명시편

새벽 닭이 운다

아! 오늘도 새벽 닭이 검은 하늘에서 운다
칠흑의 밤하늘에 종소리보다 더 애절한 떨림으로
새벽을 매질하며 통곡으로 세상을 깨운다.
"오늘을 일굴 씨앗은 무엇이런가?" 하면서
"너희가 찾으라! 오늘은 너희가 만드는 것." 한다
하늘과 영혼을 깨우는
저 원시림의 목소리는 어디서 들려오는가?
나의 몸숨 뒤에 숨은 비열한 놈도 이 때 쯤이면
기회를 엿보고, 오늘을 훔쳐다가
유리상자에 가두고 나의 오늘을 묶으려 하리라
그러나 나는 굶주린 늑대보다 더 무섭게 귀를 세운다
"깨어나라! 게으른 시간이 악어의 입처럼 다가온다."
나는 새벽 닭의 목소리를 알아 듣는다
아! 눈꺼풀에 걸린 고독의 눈동자들이여!
삶의 슬픔과 고통을 더욱 키워가거라!
그 속에 오늘의 우주가 억겁의 세월로 보일지니
진리로 초코렛과 술을 빚는 자
오늘을 팔아 진리를 농질 하는 자
칠흑의 새벽은 원시림일지니, 저 원시림을 기억하라!
밤의 어두운 터널은 나의 혈관 속에서 흐르다가
새벽이 되면 죽음을 맞는 군대처럼 기상나팔을 불고
하늘을 깨우는 천계(天鷄)를 앞세워 영혼들을 깨운다

"불모의 땅에 씨앗을 뿌린들 누가 알아주랴
오늘을 끌고 가던 오늘에 끌려가던 가기는 마찬가지-"
그렇게 말하는 놈은 내 뒤에 숨어 있는 그 저승사자이다
천지만물이 잠들어 깨어있고, 깨어 있음이 잠들어 있음을

밤을 회유하고 생명을 사냥하는 그 삵괭이는 모른다
새벽을 모른 자, 아침도 낮도, 밤도 모르고 지나치리—
동트는 햇살에 일어나서 화장하는 산들을 보라!
비단결 안개구름에 샤워하고 몸을 닦아 내리는 수목들—
그들은 원시림의 진리와 새벽의 노래를 잊지 않았다
대지가 새벽향기에 코를 벌름대고,
하늘이 높고 푸르게 일어설 때
나는 비로소 나의 생명을 느낀다.
태양이여 죽음으로 오라! 오늘이 마지막처럼 오라!
원시림의 진리로 시작하여, 내 생명의 진리로 끝이 맺히도록.

시인의 업보

가장 고고한 족속으로 태어나
머리에 봉황의 관을 하늘향해 쓰고
칠색조의 깃털에 극락조의 꼬리를 한
숲을 노래하는 꾀꼬리인줄로 알았습니다
밀림의 이끼에서 햇살 익는 이슬을 따 먹고
밤이면 달빛이 언덕을 이룬 숲의 머리 위에서
영혼을 쉬게 하는 생명의 정령으로만 알았습니다

어느날 오후 태양이 떨어져 바다가 들끓었습니다
하늘자락이 불타오르고 심장에서 폭풍이 일 때
귀가 심장에 생겨나고 눈이 머리로 솟아서
발바닥에 뭉개지는 입술을 보았습니다
그 때부터 시인은 기형이 되었으며
빛을 노래하는 미치광이가 되어

숲의 고뇌를 끌어 안았습니다

누구도 못느끼는 것을 느끼고
고통과 환희가 뒤엉킨 혼돈을 쓴
마귀의 발과 아름다운 천사 얼굴을 한
세상에서 가장 괴이한 동물로 변했습니다
시인은 죄를 많이 지은 업보가 있었나 봅니다
이토록 깊은 눈물을 긴 세월 동안 쏟아내야 하고
세상의 모든 생명의 고뇌찬 노래를 불러야 하니까요

독수리의 유영

언뜻 쳐다보니
청천 고공에 날개를 펴고
독수리가 바람처럼 누워 있다
정지한 어깨 뒤로 하늘이 날으고
무심 찬 눈빛은 태양을 가두었다

언제 내려오려는가?
발톱 칼날을 닻처럼 하늘에 박고
땅의 경이와 두려운 시선을 잊은 채
고도의 하늘을 돌리며
눈곱 낀 진드기 털고 몸을 말린다

금빛 부리에는 부싯돌을 물고
별들을 밤새 쪼아 먹은 위장은
살쾡이나 새앙쥐는 찾지 않는다

대지를 꿰뚫는 광채도
가슴의 깃털 속으로 시간을 감췄다

햇살이 실루엣 등줄기를 타고
번개처럼 떨어진다
목 줄기로 구름이 영혼처럼 흐르고
바람세수한 눈썹이 빛을 가리킨다
하늘을 차지한 긍지로운 자태

언제 내려오려는가?
나는 지켜본다.

지성에 대하여

세심에 대담하고 대담에 세심한 자여!
그대는 용광로에서 얼음을 생산해 내고
그대 귀는 시간의 날개 소리를 들으며
눈빛은 우주의 허리를 자르려고 한다

붉은 피보다 대하기 두렵고
빛의 알몸보다 그리운 그대여!
그대는 지혜의 대장간에서
날마다 무엇을 만들고 있는가?

대지를 정복할 괭이런가 칼이런가?
하늘을 정복할 빛이런가 날개런가?
넓고 깊은 바다를 건져 낼 그물이런가?

땅 속의 용암을 낚아 던질 바늘이런가?

이제, 빛이 넘치는 그대의 창고를 열어
그대 창조물들을 남에게 나누어 주라
깨달음을 포식하고 동굴 속에 혼자서
잠자려는 은둔자가 되어서는 안 된다

지식은 어디에도 널리 있는 것이나
지혜는 자신 속의 깨침에서만 창조되고
지성은 남에게 돌려주어야 지성인 것
아! 지성이여! 천지가 그대를 부른다.

서실에서

붓의 꼬리와 허리가 뒤틀리며
춤추는 곳에
신선이 내려와 도와 덕을 노래하는구나
한지에 묵향이 젖어 들자
한지는 이미 성인의 예를 갖추도다

한지와 붓끝 사이에서 꿈틀거리는
검은 먹줄은
하늘과 땅 사이 인간의 고뇌일지니
천지동정(天地同情)이런가?
붓끝도 한지도 함께 떨도다

잠시 멈추었다가 다시 획 치는

기(氣)가득한 획은
땅 위의 병든 생명들에 기 넣음일지니
그 획의 흐름들은
아파하는 신선의 몸짓이로다

용솟음을 숨죽이어 쥔 죽봉 아래로
헤치듯 토하는 검은 피
그 속에 뜨거운 용암이 흐르고 있나니
시대의 숙병(宿病)을 토해 내려는가?
아! 신선의 머리 위로 높은 산이 보이도다.

나를 방생한다

오! 나를 방생한다
나의 육신과 영혼이 이 시대에서 썩어지기 전에
좁은 의식의 하늘에서 우주의 창공으로
자유로운 유영과 흩어짐의 진리를 위하여
나의 육신과 영혼의 소유권 인식을 없애고
나와 나에 대한 모든 권리를 해방 시킨다

나의 나를 사랑한다고 나를 붙들고
나의 목숨이라고 두려워하고
나의 인연들이나 나의 사랑들까지도
나의 소유요 나의 인생이라며 날 설계하던 것까지
나의 속박에서 모두 해방시키고 방생을 한다
나를 알아버린 나의 진리와 껍질과
의식화 된 도덕과 율법에서 해방 시킨다

63

대우주 속에서 보잘것없는 존재가치로
나를 붙들고 있었음이 얼마나 슬픈 일인가
나를 깨우치는 것과 삶과 죽음을 깨우치는 것
나에게 있지 않고 자연섭리에 속해있다는 것과
산다는 것 또한 나의 것이 아니라는 것이기에
나는 나에게 매달린 어리석음에서 벗어나
대 섭리의 세계로 나를 놓아 보내는 것이다

나를 속박하는 것들이여!
그대들의 인연도 의미가 없어졌다
그대들의 존재가치마저 함께 사라졌다
내가 나를 붙잡지 않으니 네가 어찌 날 잡으랴
이젠 아무도 나를 가두거나 점령하지 못하리
최후의 내가 나를 놓아 주었으니
이미 나는 우주의 정령으로 되돌아갔다

그리하여 나는 살았는가? 죽었는가?
나에게 있어 나란 삶도 죽음도 아니다
생명이요 자연이요 일체흐름의 세계로서
개체란 존재하되 존재하지 않은 것으로
내가 나를 초극시키니 나의 존재가 초극이라
내가 나를 이끌지 않음에 무아의 영이 있을 뿐이다.

이제는 말할 수 있다

죽음 같은 겨울을 넘기고 새 싹을 돋아내듯
세월의 채찍에 노련이 더 단련이 되고

근육질이 되어버린 영혼이 허물을 벗어 던질 때
시인은 새롭게 태어나서 죽습니다

영혼에 광풍이 불어도 별들은 반짝이고
촉수의 눈을 가진 새가 광활한 우주로 유영할 때
그렇습니다. 이제는 말할 수 있습니다

왜곡된 진리와 도덕이 빠져 죽은
바다가 기침을 하며 객담을 뱉어내고
하늘은 메스를 들고 비나리 춤을 출 때나
인간들이 이유도 모른 채 비웃음을 던지고 있을 때
정신을 죽이고 영혼으로 태어난 시인은
영혼의 높은 산정에서 하늘에다 시를 쓸 수 있기에
이제는 말할 수 있습니다

시대의 오감에서 무지를 만드는 지식이 사라지고
그 근원의 순수한 경지에서
몇 번이고 자신을 죽여 생매장하고 있다는 것도
물거품으로 세운 동상의 푯대에서
비웃음이 칭찬이요, 성공이 실패라는 것도
입이 없어도 이제 말할 수 있습니다

죽은 시체의 당당함의 긍지로 서서
생명들의 노여움과 위선의 공허와 참담한 눈물들
길들이지 못하는 사랑의 갈증 난 춤들 앞에서
죽은 시인은 말할 수 있습니다

"너희들은 열광하는 미개인
천 년을 그렇게 살아야 할 꿈꾸는 미개인들"이라고—

유서의 시를 쓴다

유서의 시를 쓴다 바람의 붓으로—
나의 유서는 언제나 서툰 욕설이요
어색한 비위장의 슬픈 구토이다

그런 유서를 나는 날마다 쓰고 있다
사랑하는 이나 미워하는 자에게나
기쁨이나 슬픔에도 유서를 쓴다

어제는 가는 세월에 썼고
오늘은 남아있는 시간에게 썼다
하늘에다가도 쓰고 강물에다가도 썼다

어느 날 나는 바다가 유서 쓰는 것을 보았다
입에 거품을 물고 육지를 물어뜯으며
자신을 학대하고 울부짖으며—

그 때에 나는 유서 쓰는 것을 배웠다
그러자 바다는 하얗게 부서져 쓰러지면서
내일을 기약하지 말라고 했다

아름다운 죽음처럼 살라고 했다
그리하여 그것이 곧 나의 첫 유서가 되었다
얼마나 가볍고 뒤틀린 세상이던가?

나의 유서 따위를 보아줄 사람도 없다
그 중요함의 가벼움 속에서
알아듣는 자도 아무도 없다

그러나 아무도 없다는 게 얼마나 편한가?
그래서 날마다 나는 나에게 유서를 쓴다
광활한 대지가 심장으로 누워 있고

높은 하늘이 영혼처럼 날고 있을 때
나는 내 시체에게 날마다 부채질을 해대며
유서의 시를 쓴다 바람의 붓으로—

이방인

시공을 뛰어넘어
빛보다 빠른 영혼의 속도로 뒤로 달려라
고뇌가 태어나기 이전에서
인간이 태어나기 이전을 지나 원초생에까지—

그렇게 내 집으로 귀향해야 하느니
누가 날 포섭하기에도 이미 지나치고
수정을 먹고 불을 토하는 위장을 가진
내 방자한 고뇌도 바다처럼 누워 있다.

그리하여 지각의 이단자로 탈출하여
초월한 날개를 꺾어 수초 숲에 감추고
절망의 불씨에 비극을 열어 뒤로 달려라
그것이 내 생명의 연장이요 사랑이다

가장 질투의 욕설을 수만 권의 서적에 담고
야수의 이빨로 무장한 지식의 질서에서

나의 광기여! 의지와 고뇌를 이끌고
진통을 춤추며 고향 집으로 내달려라
근원이 꿈꾸며 잠드는 곳에 쉬어야 하리니
고공의 햇살에 저들의 눈이 찔리기 전에 —
그것이 나의 파괴요 소모요 진화일지니

능멸된 진리가 쾌락과 헝클어진 공간에서
시대의 타당에 허리가 굴절되고
허기진 내장의 숲으로 기어들어
섬모의 고목에서 원초 기운을 충전할 때
누가 죽어 가는 것인가? 장송곡이 울린다

아! 소음에 빛들의 귀에서 눈물이 흐른다
핏줄의 시공간에도 원초가 평화를 부르나니
멈추는 것도 틀렸다 일어나 뒤로 뛰어라!
저들이 앞질러 천 년을 뛰어 돌아
고향으로 다시 돌아올 때에
햇살 익은 수건을 준비해야 하느니

시공을 뛰어넘어
빛보다 빠른 영혼의 속도로 뒤로 달려라.
고뇌가 태어나기 이전에서
인간이 태어나기 이전을 지나 원초생에까지—

고뇌의 선택

다시는 출항하지 않으려는
긴 항해에 질린 배가 고뇌를 가득 싣고
항구에 닻을 내린 채 굶주림도 잊고 있었다.
항구에는 고독한 권태와 쉼없는 파도, 그리고
바다로 이어진 먼 시선을 정박 시킨 채
수평선을 향한 처연한 그리움을 깔고 있었다

하루종일 태양을 침몰시킨 바다는
때때로 바닥을 드러내고 맨몸을 퍼덕거린다
무엇을 위하여 정박하지 않으면 않되는가?
바다에 깔린 헐떡이는 안개의 숨소리가
재 출항을 부추키며 물결을 애무하며 빨아 들인다

날마다, 어제보다 오늘이 출항하기가 더 좋다
암초의 바다가 침실의 유혹처럼 손짓하며
물에 젖어 출렁이는 만선한 섬을 가르킨다

그러던 어느날
하늘에서 장대비가 내리자
고뇌로 잉태한 냉엄이, 칼날을 세웠다
바다와 항구는 폭풍처럼 믿을 수가 없다
불륜의 원죄로 생명이 생명을 낳는 것이다

항구의 빗장을 열어라! 양수가 터져 나온다!
그러자 침묵하던 배가 출항하고 물 위를 걷기 시작했다
그리고 배는 산을 기어 올라 하늘을 날아 올랐다
달빛과 별들이 모두 바다에 쏟아져 내려와 있었다

다시는 못 올, 하늘과 바다가 접힌 사잇길을
밤으로, 모두가 잠든 밤으로만 날아가고 있었다
고뇌는 다시 고뇌를 낳지 않을 것이다
인생의 항구란 바다요 파도일 뿐이었다.

무궁이 무궁을 태운다

태양이 무궁을 태운다
타는 무궁이 태양이다
칠흑의 우주 공간으로 유성이 흐른다
유성은 흩어져서 다른 별에 합류하고
또 다른 별이 되어 빛을 충전한다

달리는 것이 뒷걸음이요
뒷걸음질이 달림이다
은하의 심장에서 튀어나온
동맥 토막이 빛으로 실핏줄을 잇는다

무궁에 열중함이 별을 정렬시킨다
수금지화 목토천해명…
억겁의 시간이 길게 걸쳐진다
우주를 떠나도 우주 속으로 선다

우주가 무궁을 태운다
타는 무궁이 우주이다
만들어진 언어로는 말 못한다
에테르가 기와 자장을 나르고 엮는다

우주의 근육이요 신경이다
형상 없고 느끼지 못하는 우주의
무궁이 무궁을 태운다
그 속에 나의 무궁이 무궁으로 타고 있다.

공동묘지

묘지하나 더 세울 곳이 없다
이제 내 가슴속은 꽉 찬 공동묘지로 변했다
나의 첫 번째 묘지는 첫사랑의 무덤이었다
그 다음은 행복한 가정생활을 묻었던 무덤이다
그리고 인연들에 대한 믿음의 무덤도 세웠으며
눈물과 웃음도 묻고 평범한 정신도 묻어버렸다
나는 살인마처럼 나와 세상을 가슴에 생매장했고
인간세상의 시대유행도덕도 살해를 해 버렸다

그리고 인간탐욕과 이기의 무덤도 만들었고
경멸과 복수의 미움도 관에 넣고 무덤을 세웠다
인간으로서의 내 자신을 생매장했던 묘지는
내 영혼의 정수리 끝에 자리를 하고
나의 공동묘지는 하늘자락 끝에 무지개를 걸친
요람 같은 자연의 평화로움 이었으나
가슴속 대지는 언제나 아프게 춤추는 바다였다

과거의 시간이 묻힌 공동묘지에 봄이 와도
찾아오는 참배객은 어리석은 바람뿐 아무도 없다
묘비마다 새겨진 나의 시들이 깊은 침묵을 하여도

어둠을 뚫는 별빛에 묘비가 반짝일 때라면
죽은 혼들이 일어나 흔적 없이도 울부짖는다
이제 그만 너의 목숨마저도 가져와 묻으라

빛과 어둠 사이에서

그 나의
근원은 어둠이요
생명은 빛이었다
그러나 빛은 어둠을 파괴해야 하느니
그 이단의 빛이 어둠의 희망이다
그 속에 태어난 나의 존재여!
흐르는 세월의 강줄 속에 던져진 삶
현실은 돛대에서 쪼개지는 바람이련가?
꿈으로 유혹된 속됨 속에서, 퍼올리는건 허공 뿐
차라리 가불한 시간으로 취해 노를 잡고 저을거나
임이여 어디쯤 오시나이까?
억겁의 시간을 한 발짝의 느림으로 걸으면서
어느 혹성 지나다 영롱한 푸른구슬은 잊으셨는가?
우주를 유영하는 지느러미 은하에 걸고두고 쉬시는가?
임이여! 나의 허튼 투정이라 못들은 채 방관하시는가?
닻을 걸어놓고 저무는 해에 끌려가는 나룻배처럼
어둠 속을 활질하던 후회의 별빛도 이제는 사라졌다
임이여! 나를 자연으로만 던지리까?
지구의 원시림 속에서 아우성치는 쿼크의 생명들
그 틈바구니를 비집고 칠흑을 깨우는 빛으로
등대를 켰던 내 넋의 임이여!

나의 푸른 별을 모르는, 붉은 별들로 꽉 찬 우주에
아! 여명의 숨소리로 생명을 깨워대는 아직 남은 나팔소리
그래! 에테르속의 내 자기장은 이미 관에 넣어 두었으니
진리의 별에 이장이 되도록
죽음을 위한 희망만은 남겨 둔 채—
오! 임이여! 여유부릴 줄다리기도 좋아라

빛과 어둠의 생명에서 태어난
이제 다시는 반복되지 않을
나의 재 산란을 토하라는
그 나의 존재댓가
마저 더 내 놓으라는 저승의 소환장 앞에 놓고서—.

선물로 오는 새해

충만의 누더기가 펄럭이던 해가 저물고
은하수를 역류시킨 그리움의 연어 떼들이
고요한 하늘에 별들을 산란시킨다
저무는 세월은 예리한 칼날이 되고
해마다 똑같은 선물로 오는 새해의 태양은
무거운 시간과 냉엄함으로
초인의 무심한 눈동자에서 이슬을 부른다

"일어나서 달려라! 너는 항시 그 자리이다!
젊음을 태워서 어서 아이로 늙으라!
그렇게 시간을 토막낸 원년의 눈동자가
또다시 나를 달래며 채찍으로 유혹한다

살아 있다는 것은 할 일이 남아 있다는 것
너는 아직도 성자처럼 성숙되지 못하였다."

산란된 별들이 태양처럼 시간을 만든다.

순수의 창

극락조의 울음처럼 영혼을 부르는 이여!
그대 영혼이 숲을 울리며 무지개를 뿌릴 때
돋아나는 나뭇가지 싹들이 춤을 추누나
밀림의 원시림만이 영혼을 가질지니
이끼에 맺힌 이슬에서 꿈꾸다
햇살에 녹는 사랑의 진액
무엇에 부대끼는가?
나무의 심장들이 펌프질하는 여름날에도
깨어난 넋들이 악수 청하는 것은
살바람에도 몸을 떠는 숲의 영혼이어라
누구 인도 바라지 않고 무엇의 가르침 없어도
숲을 울리는 극락조의 목소리여!
오직 하늘햇살과 숲의 눈물과
바람의 자유가 빚은 원초밀림의 노래일 뿐일지니
누가 듣는가? 그 음악소리를
누가 보았는가? 그 찬란한 영혼의 새를
그대의 원초밀림이 어느 사막을 헤맸다던가?
그대 맨발의 정원에 백합향이 가득하구나.

어제의 사랑에 지쳤어도

어제의 사랑에 지쳤어도
오늘도 내가 먼저 눈을 뜨고 일어났다
침대 밑에서 아직도 일어나지 않은
늘어진 하루를 허리들어 환자처럼 일으킨다
일어나라! 끝이 없어도 다시 시작해야할
내게 주어진 생명의 사명이 있다
너와 나의 슬픈사랑과 끝없는 삶의 전쟁에서
휴전이나 종전은 아직 예고되지 않았다
들뜬 가을의 축제는 낙엽들의 표창장이다
상여에 실려간 죽은 나날들의 그리움도
오늘로 다시는 돌아오지 않는다
나의 대문을 기웃대는 뱀들을 만나기 전에
시간의 말안장에 물 한초롱 싣고 떠나면
물 한 모금에도 거나하게 취할 길이다
죽어간 어제의 영혼들이 무덤에서 나와
권태로 늘어진 널 염하기 전에, 어서—
그래도 언제나 차디찬 침대 위에서
나와 엉키어 동반하는 건 너 하나 뿐이다
보물들이 방안과 창밖으로 뿌려진다
하늘에도 매달리고 산천에도 깔렸다
내 눈동자에 들어오는 모든 것들
모두가 보물이요 나날의 축복이다.
태양이 있는한, 빛은 네가 정복하고, 나는
너를 생명으로 창조하지 않으면 안 된다
아귀의 혼들과 발정한 짐승들의 혼이
모래알을 계산하며 싸우는 전쟁터에서

넌 호미와 같은 나의 애인이요, 군사이다
병원은 가슴 속에만 차려두고
환자는 모두 내쫓고 문을 닫아 걸었다
건강한 벗들이 많다 싱싱한 숲으로 가자!
오늘 밤 침실에서 너와
또다시 달콤한 꿈과 사랑을 나누기 위하여.

삶의 간이역에서

하루, 그리고 이틀을 여행하고도 나는 나의 시간을 멈추지 않는다
"헐떡이지 마라! 늦지 않았다!"
하루가 저무는 그늘이 말한다
나는 쉬고 있으나 쉬는 것이 아니다
오후의 늘어진 그늘의 심장에 누워 귀를 기울인다
"시간이란 가고 있지 않고 세월도 존재하지 않는다
오직 너희가 가고 그렇게 존재할 뿐이다!"라고 들린다
나는 가고 있고 변하고 있는가?
죽음을 위한 불꽃의 영광이라든가
축복의 환희를 위한 눈물이라든가
사랑을 위한 태초의 아픔 같은 것에서
아! 고고함의 첫 울음소리처럼
해질녘 끝의 소리를 듣고 있는가?
그렇다! 나는 듣고 있어도 듣지 않는다
아주 비겁하고 연약한 존재로 내일의 태양을 빌미삼아
오늘의 그늘에서 반복된 위안을 늘어놓는다
여행의 속도는 빠른 만큼 가볍고
멈추어 내려진 시간만큼 무거운 것도 없다

그래도 나날의 토막마다 끝을 내야 한다
그러지 않으면 권태로워서 내 생명의 연장을 속일 길이 없다
그래 그늘의 이불을 덮어라!
어둠이 영혼을 잠들게 하리니
오늘의 여행은 또 하나의 일생처럼 그렇게 끝을 내고
내일에서 너의 나를 나는 다시 여행처럼 만나야 하리니.

하루를 보내며

나에게 배당된 하루가 날마다 태어나고 죽는다
죽음이 가까워지고 꿈들은 멀어져 간다
젊은 날의 하루는 무스의 왕관처럼 하늘을 찌르고
대지가 포효를 하고 세포마다 화산을 뿜어내던
육신의 근육들은 억년의 계곡처럼 주름이 패이고
영혼에 왕관을 씌운 정신은 이미 바람이 되었으니
아! 붉은 석양에 늘어진 하루가 바다로 녹누나

알몸으로 태어난 가죽 위엔 점령군의 깃발들
황홀하던 첫눈에도 털모자에 두터운 코트 방패에
안경너머로 숨어보는 눈동자의 메마른 경계령
가득 찬 희망의 세상은 쓸모 없는 일기장이 되고
아이들 모습 앞에서 자신의 허무를 감추나니
업적마저 무거움으로 천국의 길에 짐이 되누나
아! 또 하루 보내나니 눈꺼풀에 졸음을 부른다

나의 만족과 남의 부러움이 행복의 날이던가?
사랑과 존경이 피고지는 나날이 영광이던가?

날마다 반복되는 긍지라면 그것도 권태이리라
할 일이 남은 만큼 살라는 것이 생명이라면
그 일이 무엇이건 밤새어 끝내 버리고 떠나가리
인생이건 세월이건 내게 오는 것은 오직 하루
아! 꿈꾸다 깨어버린 어젯밤 설침이 생이었나니.

바람이려오

아침이 햇살을 끌고 목장을 차렸오
마중하는 생명들
차림 모습들도 가지가지
들고 인 짐들 치장한 사슬 끊고
나는 이제 목장을 떠난 바람이려오

어제는 사슴이었고
그제는 흥분된 앵무새가 되었어도
짐승들이 우리에서
자리 다툼을 자랑할 때
나는 하늘로 탈출을 하고 있었다오

울타리 없는 목장은
스스로 기어든 어리석은 범죄자들
탐욕과 이기의 감옥에서
노을 지면 불면에 시달리다
내일에 굶주린 삶의 목장에서

나는 바람이려니

위장은 비울수록 날개는 가벼워
갇혀서 숨지 않아도 되고
머물지 않고 가는 방향 몰라도
산이고자 해도 강이 되어 흐르듯이

하늘도 대지도 바람이려니
아침 햇살 눈동자로
그을린 육영을 뿌리며
목장을 경매하는 시장을 지나
자연정기 하나 실은 바람이 되려오.

무심의 권태

내가 있다고 하니, 거기 서 있다
포만한 자유에 갇혀서
잃어버린 흥미를 찾지 못하고
진미를 갖춘 밥상에서도
권태로운 미각이 사막처럼 졸립다

변함없는 하늘과 산 아래로
빼곡한 아파트가 키 자랑하는
인간 숲 속을 서성이는 그림자 하나
밟아도 죽지 않는 시간처럼
거미줄에 저녁놀을 안고 걸려 있다

분에 넘치는 행복도 고통이 되듯
살아 있음이 감지되는 여유는

꿈을 만드는 모자람보다 못하니
멈추지 않던 열정의 멈춤이
새로움을 잉태한 폭풍전야 이기를

세상 한 가운데로 바람이 잠드니
사랑의 모든 것들도 아득히 멀고
나를 응시하는 내가 더 무심하게
겨울도 봄도 아닌 사잇길에서
영혼과 넋이 서로를 지키고 있다.

삶의 여정에서

(1)
가슴에 뜨거운 용암이 있는 한
불길처럼 그리움은 솟아오르리
왜 타야 하는가?
그 이유 알지 않는 한
그리움은 불연소로 재가 되지 못하리
자유와 속박이 나의 용암에서
마그마로 생성이 되고
분출이 오히려 구토의 하늘을 만들 때
나의 시신은 눕지도 못하고 날아다니다
어느 모서리에 걸린 돌부처가 되리니
그리움이 있다는 것은 젊음이 있다는 것
탈출이 있다는 것은 열정이 있다는 것
가고가고 또 가도 그곳이 그곳
누가 알랴 이미 내가 묻힐 곳에서

돌탑 쌓고 있다는 것을
세상에 이목도 타인의 바람도
기대도 의식도 하지 말지니
쌓지 않고 허무는 길이 오히려 탑의 모습이려니
그것이 안락한 내 무덤의 완성일지라.

(2)
삶에 너무 힘들어 마오
금방 숨통이 끊어질 것 같은 절박함을 당해도
인간이 겪을 일이란 못 견딘 것이 없더이
그것도 지나고 보면 썩 괜찮은 경험으로 남고
쓴웃음 지우며 오늘에는
시원한 아이스크림을 먹는 날에 서 있기도 하더이
살아보니 해결 안되고 벗어나지 않는 고통도 없더이
신의 조작 따위의 말도 하기 싫어
운명의 장난 따위는 더욱 쓰레기통에 버려야 해
살고 겪고 지나 와 보니 다 허수아비 망상들이야
내 이기에서 벗어나면 신에서 벗어남이요
내 창조로 내 삶 이끌면 신의 자유 얻음이야
인생 깨우침이 인간이기췌리이기에
세상의 만 생명 자연의 공유법칙에 기준을 두게 된다면
나는 이미 평화 그 자체요 사랑과 자유 그 자체이리니.

오! 불이여!

오! 불이여!
뜨겁지 않은 황홀한 불춤으로
온 몸과 영혼을 태우는
세찬 사랑의 혼불이여!

그리움의 갈증을 불쏘시개로 하고
별들의 충돌로 불을 피웠으니
오! 황홀한 세계로의 죽음이여!
생명의 영광이 부활함이여!

만발한 꽃향기가 세상을 진동시킬 때
탯줄의 세찬 강물위로 말이여 달려라
바다의 품은 여전히 기다리고 있으리

그러나 멈추어라! 그리고 달려라!
오! 그러나 달려라! 그리고 멈춰라!
바다의 품이나 부활은 없어도 좋다
불꽃이란 불타서 없어지길 바라는 것

오! 불이여!
뜨겁지 않은 황홀한 불춤으로
온 몸과 영혼을 태우는
거친 세상을 사랑하는 혼불이여!

존재와 오늘

"어제는 가고 과거도 가라!
날마다 시작하는 오늘도 바쁘다."
하고 정신을 깨워 본다.
삶이 어제의 과거와 시대의 가치에 붙잡혔는가?
잠깬 영혼은 생명을 위하여 일하고
넋은 무덤을 위하여 일하리
그러한 것들 속에서 나는 오늘 어디로 걸을 것인가?
사랑의 가슴을 향해 가는가?
존재의 입증을 위하여 걷는가?
나는 내 몸의 살점들을 부비며 슬퍼한다
나에게 붙어사는 세포들의 생명이 애처롭고
훗날 흙 속에 남겨질 유골이 외로워서
산다는 것은 사랑이요, 그리움이리니
모든 인연에 대한 그리움이요 사랑이리
아침커튼을 젖히고 오늘무대에 다시 섰나니
집안의 모든 것들이 나와 똑 같이 눈을 떴다
새로운 사랑이 햇살처럼 퍼지는 유혹들 앞에서—.

오늘

오늘이 부스스 눈을 뜨고
녀석이 또 문안 인사를 한다
이놈은 나 먼저 잠들거나 먼저 깨는 일도 없다
불평도 많은 이놈은 나를 끌고 다니기도 하고

어떤 날은 나를 하루 종일 지켜보기만 한다
이놈은 나와 일생을 살면서 나를 닮아 버렸다
말을 하지 않아도 알아차리고 스스로
내 모든 생활에 끼어들면서
영혼에까지도 심부름을 다닌다

어제 밤만 해도 이놈은 그랬다
잔상스럽게도 내 말을 듣지도 않았다
무슨 일을 하려하면 자려하고
자려하면 못 자게 내 눈꺼풀을 까올렸다
그런데 녀석은 골초라서
내가 한 대 피우면 지 놈은 열대를 피워댄다
음악을 듣고 싶은데 국민체조를 시키고
한 밤중에 세탁기까지 돌리고 지랄을 떤다

내가 컴퓨터를 켜자 녀석이 눈을 껌벅대더니
책상에 턱을 궤고 모니터를 빤히 쳐다본다
글을 쓰면 분명 시비를 걸량인 눈치다
왜냐하면 요즘 사랑시를 많이 쓰니까
질투가 날 때가 됐음을 나도 알고는 있었다
자기 시는 한 번도 안 써 줬으니 말이다
나는 녀석에게 속내를 안 들키려고 거실로 나가서
괜시리 바나나 한 개를 꺼내 혼자서 까먹는다
녀석이 입맛을 다셔도 난 못본 체 했다
녀석은 체중조절을 해야 하기 때문이다

그러자 녀석이 화가 났는지 시계를 들고 와서
나의 몸무게를 젤려고 한다
시계로 몸무게를 재다니 말이 될 일인가
그런데 지 놈이 시계위로 올라가 자기 무게를 잰다

지 놈 몸무게는 새벽 시가 다 됐다
에이 치사해 할 수 없이 나는 자리에 누웠다
잠들고 나면 안 볼 테니까 오히려 속 시원할 거였다

그런데 이놈은 꿈에서도 날 쫓아 다녔다
잠을 설치게 하는 찰거머리
이놈이 못 따라 오도록 난 더 깊이 잠들어야 한다
아주 깊이 침몰하듯이 깊이로 하다가—
결국 나는 녀석을 그렇게 끝내 보내 버렸다
영원히 오늘이란 녀석은 내게 없을 것이다 하면서—

그런데 어느새 나는 또다시 오늘에게 깨어나고 말았다
녀석이 햇살을 끌고 찾아와서 날 깨우고 있는 것이다
아이고! 난 평생 이놈과 함께 살아야할 운명을
벗어날 길이 없는가 보다
두고 보자! 내가 죽는 날 이 녀석도 꼭 뒈질 테니까!

아! 생각만 해도 그건 정말 고소한 일이다.

나의 계절

임은 말없이 햇살을 타고 와서
나의 귓불에 키스하고 가슴으로 스며든다
임은 새들의 깃털과 꽃잎 속살을 깨우는 미풍으로 온다
임은 별빛으로 와서 영혼 속에 꿈을 잉태시킨다
임은 그리움을 생산하고 사랑을 생산하고 설렘을 생산한다
임은 언제나 발가벗은 원초의 몸으로 다가온다

세상을 휘감듯이 날 휘감는
임은 새벽보다 믿음직한 빛이다
임은 나의 분신처럼 그렇게 나의 거실에서 날 깨운다
일어나서 어서 나서라고
어느새 차를 몰고 나는 임을 따라 나선다
어디서고 손 흔드는 임들의 군중에 들뜬 차창의 환호
정하는 곳 없이도 임의 세계는 모두가 천국이다
오늘도 난 임과 함께 산 눈썹 구름처럼 나들이를 한다.

과거와 오늘

오! 잠든 바람과 햇살의 만남이여!
산등성이 길목 그늘에서
진한 키스보다 향기롭게
우리는 만나 어둠과 빛을 나누네

음습한 계곡에 숨어 있던 발광체
온천이 흐르는 광맥에서
다이아몬드 연골을 파낼 때도
서로는 숨소리와 맥박을 맞추었지

어느 갈증의 사막을 지나고
범람한 강물에 휩쓸려간 파산한 배가
얼음에 갇힌 빙하기를 지나
또다시 햇살에 해빙된 육신으로

너는 박제된 표본이고자 했고

나는 햇살이고자 했었지
눈동자더듬이는 희망에 다 닳고
지각마저 포기할 때에 우린 만났으니

질주한 생의 반환점 길목에서
허리에 매달린 발바닥을 내려놓는다
이젠 걷지 않아도 된단다
너와 나의 영혼이 쉬어야 하니까

바람이여! 햇살로 스며들어라!
햇살의 날개는 우주의 크기
너의 고뇌를 다 풀어도 흔적 없으리
아! 우리는 오늘도 새 길을 만드네라.

흔불의 은하에 밤배를 타고

무심의 밤배를 타고 강을 흐르고 있었다
하늘에서 슬픈 별들이 반짝이며
기도하며 부르는 소리에 깨어났다

나는 흐르는데 무엇을 바라는가 별들이여!
사랑의 별들이 모여 강이 된 은하여!
나는 흐르는가 그대들의 강위에서—

반짝이는 별들의 불빛은 영혼의 고뇌요
흐르는 밤배는 잠들지 못한 육신이요
아득한 무심은 영혼의 방치였던가?

울부짖는 인연의 별빛들이 불길을 만들고
밤배는 별들의 물결을 타고 흐느적이었다
살아 있는 한 방관할 수 없는 영혼들
내가 만들며 가는 우리의 생명 길에서

기도하는 영혼의 불들이여 꺼져라
인연의 은하 물결이여! 고뇌의 별빛이여!
왜 못 가는가? 꿈을 버린 무궁의 우주로
죽음을 사랑한다는 것도 초극된 생명—
이불 없이 어둠위에 벌거벗고 누워도
꿈과 시간을 없앤 늙은 나의 혼백이
혼불의 은하에 밤배를 타고
무심의 강을 흐르다 잠시 멈추어 섰구나.
믿기 어려운 일이지만

믿기 어려운 일이지만
나는 나에게서 숲의 향내를 맡는다
그리고 세포마다 피어나는 들꽃들을 본다
나는 나를 보고 있노라면 숲속 바람처럼 상쾌해진다
고요한 날이면 산정에 앉아서 태양빛과 마주하고
밤이면 달빛에 숨어드는 별빛을 신기하게 바라볼 때
이슬 간직한 눈동자는 갓 태어난 어린아이 모습이다

—그런 나의 나에게서 나는 자유로워진다

존경으로 피어난 사랑하는 나의임이여!
그대는 순수의 세상을 차지한 부자로다
요람 같은 가슴의 대지위에 새들이 둥지를 틀고
아름다움의 극치를 치장한 지극한 시간의 벌들이
오묘한 긍지의 꽃들에게 자유의 씨를 뿌린다

오! 향그런 바람이여! 서천의 촉촉한 무지개여!
영혼 속 충만한 대지여! 영롱한 햇살이여!

―나는 그런 너에게서 항시 행복해진다.

살아 있는 것들에는

사랑이려네 축복이려네 살아 있는 것들에는―

은하의 품속에서 태양이 지구와 사랑을 하고
지구의 만 생명들은 축제의 나날이라네
그 속에 홀로라 해도 하늘이 준 축복의 생명이라네
바다가 일렁이며 끊임없이 춤을 추듯이
육지에는 사철의 생명들이 저마다를 뽐내고
산들은 하늘 향해 손들을 뻗어 환호를 하나니
시들은 꽃들이여 용기를 다시 일으키라
잃어버린 빈손이여 다시 희망을 가지라
하늘의 수많은 별들 속에 그대의 별이 반짝이나니
고개 들면 사랑이요 일어서면 찬란한 햇살이라네

사랑이려네 축복이려네 살아 있는 것들에는―.

거울

바다와 하늘을 담고
대지의 꿈틀거림과 세월의 영원을 담은
 그 거울에는 안 보이는 것이 없었습니다
그리고 모르는 것도 없었습니다

너무 높고 너무 깊어서 다 알 수는 없었지만
거울은 오직 있는 그대로와 진실만을 말했습니다
하늘에 계절이 스쳐가고 솔바람이 부는 밤에
삶에 지친 별들이 떠오르면
나의 별은 거기에서 수많은 말들을 쏟아냈습니다

그러나 그 말을 나는 다 못 알아들었습니다
가슴속 바다에 잠겨 반짝이는 말인데도 말입니다
나는 사춘기 때 애초의 거울을 부셔버리고
새로운 거울을 또 장만했었는데
장년이 되어서 그 거울도 부셔버렸습니다

꿈과 맘에 안 들고 틀린 모습을 비춘다하면서
파괴의 핏물은 대지의 강 줄이 되어서 흘렀습니다
내 정신을 부순 것이라 너무도 아팠습니다
그 후 다시는 거울을 찾지도 보지도 않았지요

그런데 그 깨 버렸던 애초의 거울과 나중거울이
똑 같은 것이었다는 것을 알게 되었고
아직도 깨지지 않았다는 것을 알았습니다
새로운 창조로 나타난 거대한 내 영혼의 거울
그가 여직 나를 지키고 있었습니다

나는 별들의 이야기를 이제야 알아듣게 되었습니다
가슴의 대지에서 용암의 꿈들을 읽어내고
바람을 안은 하늘의 사랑을 느끼면서
나의 참 모습을 그가 찾아내 비춰주었습니다
대자연속의 나와 나의 영혼을 말입니다
그 거울 속 한 가운데에서.

시 詩 와 나

시를 쓴다는 것이 시를 아프게 한다
그건 시가 살아 있다는 것인가?
해도 나는 널 더 알고 싶지 않다

말을 배우니 벙어리가 되고
귀가 뚫리니 귀머거리가 되었다
세상등진 산에서 숲을 보나니
숲은 안개에 젖어 허공을 흐른다

허공은 말이 없다 모든 존재 앞에서
시간의 블랙홀에 빨려드는
나날의 생명존재들처럼
실상이 염(念)이 되고 염이 실상 되나니

나를 쓴다는 것이 나를 아프게 한다
그건 내가 살아 있다는 것인가?
해도 나는 날 더 알고 싶지 않다.

담배

오! 사랑과 함께 존경하는 그대여!
대화의 불씨를 붙일 때 무슨 말을 해야 하는가?
나의 모든 비밀을 털어 놓아도 말없이
자신의 가슴 태우면서도 귀찮음 없이 들어주는 친구여!
나의 부끄러움이나 슬픔도
고통과 즐거움까지도 함께 나눠 가지면서
자유 없이도 가장 자유로운 무욕의 나의 동반자여!
그대 가슴은 너무도 깊고 넓어서
내 일생을 털어 놓아도 다 받아주는 백지의 하늘 되어
타는 영혼까지 구름에 실어 날려 보내주고
내가 듣고자 하는 답까지도 모두 꺼내어 보이면서
나의 결정을 지켜만 보는 예지로운 선각자여!
그대는 버림의 배반을 내게 수 없이 받고서도
불만 하나 없이 다시 부르면 찾아와 대하는
오! 그런 무한사랑이 어디에 있던가?
그대 침묵의 언어는 진리에 가깝고
그대 행동의 미덕은 어떠한 신도 따를 수가 없으니
그대 침묵의 언어는 인간의 언어로 따를 수 없음이다
그대가 말했던가?
생명의 일생이란 불타며 사라지는 무지갯빛연기요
가슴에 담은 모든 사연들은 생의 눈물이라고—
오늘도 나는 그대에게 심중을 털어놓고 묻나니
그대여 나의 시간은 지금 어디쯤을 서성이는가?
그러나 그대여! 말하기 전에
비웃는 듯이 구겨진 모습은 내게 보이지 말게나
하얀 소복 입고 가지런히 누운 그런 모습으로
그것이 내 모습이라고 하는 것은 너무 비참하니까

오! 나를 대신하여 자신을 자살시키면서까지
나의 모든 비밀을 비밀로 말할 줄 아는 이여!
그대 죽음이 진정 토막난 나의 죽음이요 시체이던가?
강가에서 가을풍경을 보며 그대는 연기처럼 다가와
"임이여 보이는가? 그대가 가을이요 진리이다!"
더러는 아부도 떨고 더러는 그렇게 비웃기도 하면서
오! 지치지도 않게 내게 키스를 해 대는구나
하얀 너의 가는허리를 내게 맡긴 채
충종처럼 내가 하자는 대로 몸을 내주고 불사르면서
내 이기와 고집과 자만까지 껴안고
얼마나 나의 고뇌들을 더 들어 주어야 하는가?
내가 사랑을 말할 때는 사랑이 되어 주고
골치 아픈 철학을 펼 때에는 더 열광적으로
내게 빠져들며 날 깊숙이 받아들이는 그대여!
난 오늘밤 그대를 또다시 배신하기 전에
그대를 애무하며 무아의 경지로 타고 타올라
내 육신과 영혼의 비밀을 결코 비밀로 두지 않으리라.

산행

내가 나를 오른다
내 업적들과 오물이 자라
삶이 쌓여서 솟아 오른 산을 오른다

나를 실험한다
나의 능력과 순수를
하늘과 바람이 반기는지 실험을 한다

내 눈동자에 별이 있고
내 가슴에 태양이 있는지
자연으로 숲으로 있는지 확인을 한다

과거에서 내일의 희망을 열며
인생의 정상을 향하여
나는 오늘도 나의 높은 산을 오른다.

가을이 지나는 길목에서

가을이 지나는 길목에서
황홀한 낙엽 지는 것을 보노라니
하늘을 나는 기러기 날개 짓에
또 잊어야할 것들이 떠오르고
갈대꽃 강물에 떨어져

산 그림자 분칠하는 물결위에
까칠하게 아롱지는 그녀를 생각한다

사랑의 절정에 지쳐 잠든 임의
하얀 살결위로 형광 빛 부서지고
쟁취한 승리의 깃발이
달에 꽂힌 성조기마냥 외롭게
세월을 삼키며 지워져갈 때

어느 해 그녀가 애증을 안고 떠나며
선물했던 네잎크로버를 생각한다.

사랑의 징검다리에 낙엽 쌓이고
강물은 구름처럼 자유로워
지난 기억들이 모두 묻혀간 후
바다로 넘실대다 밀려온 낙엽 한 장
임의 잠든 눈가에 머물러

기러기처럼 가을을 사랑했던
바빴던 그녀의 발걸음을 생각한다.

푸른빛

새벽 창공을 깰 태양을 기다린다
광활한 대지가 놀라 일어설
찬란한 빛을 만나려고 내달린다
그렇게 동쪽으로만 60년을 달렸다

바다에 젖은 늙은 용암덩어리
수평선에 걸려 목 졸린 분노 안고
비틀거리는 하루들을 끌고서 넘어가는
거짓치장의 노을들이여 사라져라

내 영혼의 뒤편에서
비굴한 아부의 멍에를 쓰고
목숨에 펌프질하는 나의 질긴 넋이여
그대 또한 나의 연명을 그만 두라

정녕 푸른빛의 태양이 없다면

나는 눈을 가지지 않으리
먹구름에 덮힌 어둠의 세상에서
눈을 떠도 늙은 태양의 노예일지니

북소리 울리며 먼 동이 터 오는가?
열어둔 귀에서 하늘의 울음소리
가시 찔린 발바닥에 뭉개지는 지평선
오! 영혼을 나선다 푸른빛 맞이하러.

인연에 대한 감사

잊혀짐에도 더러는 떠오르는 사람
미움이나 그리움을 생각한다는 것은
그가 이 세상에 살아 있다는 것
그리움이나 미워할 이유도 없다면
삭막한 사막의 아득한 길일 것이기에
사랑이 아니어도 감사하나니

애처로운 나와 그대의 존재
그것이 슬픔일지라도
바다를 채우는 이슬 한 방울들로
대양의 양끝을 물고 있다 하여도
세상의 일체로 함께 숨 쉬고 있음이라
미움의 인연이라도 감사하나니
까마득한 옛날이 우연히 생각나
내 삶의 일부분이 드러나면
안타까운 나와 그대의 존재

아직도 버겁게 울어야 겠지만
돌이킬 수 없는 색칠의 그림이어도
퇴색의 번짐마저 이젠 고고하나니

내 삶의 역사에 존엄한 인연사
그대의 역사에도 내가 존재할지라
그리움 없는 아픔과 미움 뿐일지라도
그가 있어 그 시절 존재했나니
그대 이 세상 어디에 살아 있음만으로
내 일부가 살아 있음에 감사하나니.

영혼의 그리움

막의 모래와 도시 숲에서 찾을 수 없는
극락조의 울음으로 영혼을 부르는 넋이여
잠깬 영혼이 숲 울리며 무지개 뿌릴 때
돋아나는 나뭇가지 싹들이 춤을 추누나
원초 밀림의 원시림만이 영혼을 깨워 가질지니
이끼의 이슬에서 꿈꾸다 햇살에 녹는 사랑의 진액으로
무엇을 풀고 맞으랴! 나무의 심장들이 펌프질을 하는 여름 날에도
깨어난 넋들에 악수 청하는 것은 살바람에도 몸을 떠는 숲의 영혼이어라
누구 인도 바라지 않고 무엇의 가르침 없어도 숲을 울리는 극락조목소리여!
오직 햇살과 숲의 눈물과 바람의 자유가 빚은 원초밀림의 노래일 뿐일제
누가 듣는가 그 음악소리, 누가 보았는가 그 찬란한 영혼의 새를
그대여 그대의 원초밀림이 어느 사막을 헤매고 있는가?
극락조 울음처럼 영혼을 부르는 원초의 노래여!
그대 가슴 밀림에서 태어난 사랑의 그리움이여!

사랑의 나그네

맨몸으로 와서 맨발 길을 떠났다네
길이 많아도 나의 길은 하나
오직 사랑의 눈빛으로 트인 길로
오솔길일 때도 무지개다리일 때도
험한 절벽길일 때에도
거기 사랑이 있어서 나는 걸었고
그들에게로 나를 짓밟고서도 달렸네

내 사랑하는 인연들이여!
날 사랑하고 사랑할 사랑들이여!
그곳에 눈물이 없다면 난 가지 않았으리
바다를 퍼 올린 해일의 격동과
태양을 심장에 담은 열정의 용암으로
진물이 나도록 달려도 아픔을 모른 채
사랑의 헐떡임을 목숨처럼 끌고서

어느덧 중년의 산등성이에서
바람을 나그네처럼 맞이하고 보니
내려다 보이는 것은 뿌연 구름뿐
아무도 없네 나의 나마저도 구름이네
무엇이 무엇을 위하여 무엇이 되었는가?
하산의 길을 터벅이는 발걸음소리
변하지 않은 것은 오직 맨발 뿐
아! 이젠 죽음을 사랑해야할 나그네
봉우리 마다 하산하는 넋들이여!
영혼을 뽑아 불을 밝히라
하산의 길은 어둔 안개 속

무리지어 동반을 하자꾸나
어차피 너와 나는 없는 길을 가야 하느니
목적도 없고 인연도 없고 시간도 없는
그것들마저 사랑으로 보낼 노을길에서.

삶의 이삭을 줍는다

반복되는 아침 태양의 눈동자에서
살아버린 세월의 부스러기들이
눈곱 폐기물로 떨어져 내린다

씨 뿌리고 거두고 쌓던 사랑 탑
추하지 않으려던 내 자화상에서
이삭으로 떨어지는 기억들이 있다

백호 닮은 구름이 태양을 물고서
하루의 능선을 일생처럼 넘는다
죽음의 반복된 경고도 무시한다

기척 없는 원초의 귀향 길은 멀고
거추장스런 육신이 뒤척일 때
영광의 꽃들이 영혼을 위로 해도

나의 자화상을 조각해내고 버린
부스러기들이 나의 인생이었기에
흩어진 내 삶의 이삭들을 줍는다

사랑과 눈물 고뇌와 열정의 소모
잃어버린 삶의 조각폐기물들에서
이삭 모은 나의 자화상을 줍는다.

음악을 들으면서 쓴 편지
〈음악에게〉

내가 너에게 빠져들면
나는 이미 천사가 되어 나른다.
하늘에 구름이 되기도 하고
개구쟁이 홍조를 띄고 무지개에 그네를 타기도 하고
숲의 정령이 되어 새들의 신방을 기웃대기도 한다
어릴 적에도 나는 너에게 취해서 사랑을 고백했다
너를 모르고서 인생을 논하지 말라하면서
어느 소녀의 창가에서 흘러나오는 피아노 연주에 그녀를 무조건
사랑한다고 했었지
나는 한 세월을 너에게 매달려 짝사랑을 했었다
조율이 안 된 목소리로 가수 흉내도 내고
백지에 오선지를 긋고 작곡도 수 백곡을 했지만
마지막으로 군가를 작곡하고 부터는 너와 멀어졌었지
오!~ 나의 사랑이여!
그대는 아직도 내 속에서 꿈틀거리며 춤추고 있구나
어느 소녀가 보내준 너의 최상의 시를 들으며
첫사랑을 만난 듯 나는 밤새도록 너에게 취한다
너는 인생의 바람소리를 끌고서
나의 겨드랑이 날개에 부채질을 해댄다

요람이 따로 없고 황홀한 꿈의 클라이막스가 따로 없이
너의 파도치는 선율은 나의 배를 천국을 향해 항해를 시키누나
밤을 새어도 아침도 없으리
달빛과 별빛이 쏟아지듯이 쏟아지는 나의 영혼은 유성으로 부서지누나
어둠이 사라진 찰나의 불꽃들이

건반과 현악의 허리와 갈비뼈를 애이며 슬프게 톱질을 하누나
너의 호소와 던지는 칼들이 내 심장을 뚫고
내 영혼을 해부하면서 피보다 진한 시들을 뽑아내는 너는
굶주린 늑대의 울음처럼

영원히 만나지 못할 사랑을 찾는 극락조 울음이 될 때
나는 돌아오지 못할 항해를 하는 고독한 섬이 되어
천길 물속의 침몰로 수장을 즐기다 솟구치는 화산으로 해일을 만드누나
너를 잊었다고 네가 나를 떠났다고
차라리 인생이 사막이었기에 너를 버렸다고
나는 변명을 장맛비 눈물로 숲의 낙엽으로 쏟아내면서
지우고 쪼개고 나를 부수면서 세상에 빠져 야위어가다가
어느 덧 나마저 지워버린 바람이 되어서야
내가 아직 천지의 만물로 나의 넋으로 존재하고 있다는 것
나 오늘 이 밤으로 너를 다시 만나 동침을 하고 있나니
바람이 된 사랑의 고백도 바람이련만
남은 재주 하나있다면 여기 시 한 수로
네 영혼에 내 영혼을 바치며 나를 실어 보내노라
아!~

오륙탈골 誤肉脫骨

존재 이끌고 생을 살아 왔으니
살아온 육신의 오염과 정신의 오명들을
숲의 그늘 풍장으로 이제 육탈시켜야 한다
산정에 앉아 우주 생명의 바다를 보노라니
어혈로 뭉쳐진 관념들과 경화된 좁은 시야
어리석은 이 시대 지식들이 바람에 날린다
아름답고 고귀한 별이고자 한 영혼을 안고
육신을 짊어 진 발걸음은 하산을 재촉한다
숲의 향기 그윽한 오륙탈골 쉬운 장지로
영혼의 뼈는 원초의 순수 그대로
내 존재의 긍지를 지켰나니
삶의 연명을 위한 자벌레 흔적들
선험 허물을 벗고 나방의 영혼처럼
하늘과 대지와 자연의 평정된 천정법치 속
내 근원의 원초가치 찾아서 다시 길을 떠난다.

내 영혼의 현충일

나의 나라를 지키기 위하여 싸웠던
내 감정의 군사들이여!
내 긍지를 세우기 위하여 투혼 했던
나의 자존심들이여!
나의 영혼구제를 위하여 분신자살한
정신의 영령들이여!
내 인연들의 고통을 나누려 흘렸던
눈물의 순정들이여!
나의 근원 뿌리를 찾아 나섰던
내 개척자들의 뿌려진 넋이여!
나의 존재가치를 일으키고자 순직한
도덕의 선구자들이여!
나의 죽음과 평화를 위하여
대자연에 삭혀진 본능들이여!
오! 나의 해방과 자유를 위하여
자살한 신들의 유희여!
그리고 죽고 태어나고
무너지고 쌓았던 거짓 진리들이여!
그대들의 순직이 없었다면
어찌 나의 넋과 영혼이 마주하고 앉아서
진리의 모습과 창조의 철학사상으로
다시 태어난 존재로 있게 했었겠는가?
오! 그리하여 나는 묵념하노라!

제 3 부

철학의 명시편

천정인 天情人 32강령

고통을 즐기라 그로 보상되리
치부도 보이라 그로 세워지리
자존을 버리라 그로 존경되리
이기를 버리라 그로 충만하리

부리지 말라 탐욕은 가난하다
세우지 말라 이기는 낭비이다
꾸미지 말라 허세는 비천하다
속이지 말라 거짓은 죄악이다

지혜로워라 삶의 매사 덕행에
성실하라 꾸준한 일상 나날에
용기 있어라 자기능력 실행에
기다리라 때는 인내의 끝으로

매춘마라 성기는 천법의 성전
질투마라 시기는 공멸의 화신
사기마라 꾀함은 죄마의 사술
복수마라 용서는 천도의 천정

버리라 남탓으로 자기 도피를
자르라 동정으로 능력 소멸을
없애라 수준차별 인간 경멸을
부수라 시대유행 도덕 인식을

베풀라 병들고 힘든 노약자를
이끌라 우매한 눈먼 정신들을

세우라 높은 긍지 자기산정을
높이라 인간 세상 정신세계를

사랑은 정으로 정은 천정으로
존재는 인과로 인과는 섭리로
가짐은 공유로 공유는 일체로
존재는 가치로 가치는 진리로

깨치라 자기존재 생명 도덕을
나누라 객체가치 상생 도덕을
이루라 단체인과 합리 도덕을
따르라 자연일체 섭리 도덕을.

상대적 진리의 가치

사랑하나니 내가 너에게 있고
행복하나니 내가 전체로 있고
긍지롭나니 내가 존재로 있고
자유롭나니 내가 자연에 있다

미워하나니 내가 자해에 있고
고통하나니 내가 미혹에 있고
탐욕하나니 내가 낭비에 있고
이기롭나니 내가 파괴에 있다

자비롭나니 내가 만인에 있고
평화롭나니 내가 조율에 있고

신성하나니 내가 창조에 있고
경이하나니 내가 생명에 있다

불경하나니 내가 만용에 있고
추락하나니 내가 자만에 있고
가난하나니 내가 계산에 있고
음모하나니 내가 추함에 있다

숭고하나니 내가 덕망에 있고
축복하나니 내가 용서에 있고
영원하나니 내가 사랑에 있고
깨우치나니 내가 진리에 있다.

도락 道樂

내가 이르거늘
락 (樂) 중에 으뜸인 락 (樂)이 있으니
그것은 도 (道)의 락 (樂)이라
도 (道)에 이르러 깨우침을 얻는 즐거움은
하늘과 땅을 얻는 즐거움이요
그 경지가
영혼과 넋까지도 깨어나 황홀케 하나니
그 행복의 여운 또한 평생을 지닐 지라
그러므로
사람으로 태어나 삶에 이르기를
도 (道)의 깨우침에 오른 락 (樂)을 모르고서
한 평생을 살았다면
그는 진정한 행복과 락 (樂)을 몰랐음이라.

사람아! 너의 본은 자연이니라 1

사람아! 너는 인간이 좋더냐?

얼마나 연약하였기에
헛되이 권력에 의지 하렸더냐?
얼마나 부족 하였기에
손발이 닳도록 탐욕 부렸더냐?
얼마나 외로웠기에
사랑 찾아 자신을 태웠더냐?
얼마나 초라했기에
이름 애처롭게 내세웠더냐?
얼마나 미련 많아
부릅떠 죽음을 두려워했더냐?

사람아! 너의 본은 자연이니라!

현실극락 2

사바세계 산천을 휘둘러 돌고 돌아도
서 있는 곳이 나의 세계 극락일지라

파도치는 산 구비를 징검다리 삼으며
저녁놀 눈빛 되어 하늘에 올라보나니

어이타 태어나서 이 영화를 누리는가

시야마다 아름다움 날마다 행복 세상

불만이 무엇일꼬 돌아보면 하찮은 것
몸뚱이 삶에 담가도 영혼 높이 두나니

일생이 오르가즘 길 나날이 영광이라
충천한 사랑빛에 애처로움을 나누노니

내가 산천이요 만생명이 일체사랑이라
걷나니 뛰나니 섰나니 하여도 그 자리

세월만 혼자 가는 형상계 육탈한 영혼
천공을 걷노니 내 숨소리도 잊었네라.

나는 사랑하리라

나는 사랑하리라!

권력자 만 명보다 한 명의 자연인을
억만장자 만 명보다 한 명의 비운 자를
영리한 자 만 명보다 진실한자 한 명을—

나는 사랑하리라!
책략가 만 명보다 순수한 자 한 명을
부정인 만 명보다 한 명의 긍정인 자를
달변인 만 명보다 실천한 자 한 명을—
나는 사랑하리라!

유명인 만 명보다 베푸는 자 한 명을
지식인 만 명보다 한 명의 깨우친 자를
착한이 만 명보다 창조하는 자 한 명을―

열락 悅樂

행복은 만족이고
(작은 것에도 만족할 줄 아는 자에게만이 행복은 있고)

만족은 사랑이며
(만족할 수 있는 자는 세상을 사랑하는 경지에 이르며)

사랑은 나눔이요
(진정한 사랑은 남을 위해 나눌 수 있는 큰사랑이리요)

나눔은 자유리니
(공존 속에 공유자유를 아는 자가 진정한 참자유인이라)

자유는 창조이라
(참자유를 알고 행하는 경지의 도덕엔 창조가 있는 법)

창조는 가치이고
(창조는 새로움이니 새로움은 신의 경지요 삶의 가치)

가치는 존재이며
(가치가 인과성에서 평가되어야 존재성이 주어진다)

존재는 믿음이요
(근원존재성이 공존에 인정될 때 세상에 믿음이 있다)

믿음은 평화리니
(자연과 인간상호 세상을 인정함에 평화는 존재하고)

평화는 행복이다.
(평정된 평화 속에서 만족함이 탄생하니 그것이 행복)

산정에서

희망이란 없다
실존이 희망이다

내일도 없다
오늘이 미래이다

구함이 없다
현재가 전부이다

이별도 없다
세상의 인과이다

그리움은 없다
미련이 공허이다
기약도 없다

지금이 믿음이다
눈물이 없다
만족이 행복이다

고통은 없다
여유가 기쁨이다

바쁨도 없다
무궁이 시간이다

미움이 없다
분노도 사랑이다

궁지란 없다
생법락 가치이다

죄악도 없다
도덕이 죄업이다

해방은 없다
공존이 자유이다

생사도 없다
자연이 불멸이다

주체란 없다
우주섭리 뿐이다.

별빛의 단두대

시대를 부수는 죄명을 안고
누가 별이 되고 하늘의 빛이 될 것인가?
아! 슬픈 별들의 눈물처럼
새 시대를 밝히는 꿈은 멀고
대지는 어둠의 고통에 묶이는구나

오! 선각자는 스스로가 밝힌
자신의 별빛을 위안으로 삼아야 하느니
세상이 하나로 뭉쳐진 자연 앞에
참 빛 천정의 사랑이 싹트기까지는
천만년을 더 울며 기다려야 하리니

누가 앞장서서 횃불을 밝히랴
무지몽매한 어둠의 자식들에게는
밝음이 오히려 단두대로 여길지니
누가 살신성인으로 칼을 쓰고 나서랴
멀고먼 태양빛 아침시대가 오기까지.

인생은 퍼즐같이

이미 짜여진 인생이나
만들어 가는 삶일지라도
조각을 그리며 맞춰가는
퍼즐게임 같은 그림이다
불필요한 여백공간이나
쓸모 없는 매개체까지도
삶에 있어야 할 조각들
어느 인연도 중요하기에

중요한 것과 좋은 것만
골라서는 맞출 수 없는
퍼즐 같은 인생의 그림
자신 그리는 자화상이다

열정과 고통과 속박에도
여유와 자유가 포용되고
굴절의 왜곡에도 진실이
그림자로 숨어 있음이라

사랑과 미움 행복과 슬픔
주어진 모든 인연의 인과
버려도 잊어서도 안 될
소중한 자기 조각들이다

사랑의 시간과 인연으로
객관이성에 지혜 두어야
순서대로 열리는 참 모습
퍼즐은 완성되는 것이다.

몰락하라 죽은 시대도덕이여!

몰락하라 이미 죽은 시대의 세상이여!
억겁의 자연섭리는 상관하지 않는다.
생명존재의 참가치 기준을 아직 모르나니
열심히 살아있어도 죽은 시체와 같음이라
인간 이기가 몰락의 길을 가고 있다.

인간은 대자연섭리 법으로 태어나서
자연의 천법에 의해서 돌아가누나.
생명가치가 인간도덕으로 평가되지 않고
대우주와 자연섭리 천법으로 평가될지니
자연도덕 모르면 살아도 헛되이 살리라.

천법은 인간의 도덕법과 다른 것.
우주생명과 만생명의 생과 사와 본능들과
자연의 인과와 어우러짐이 천법일지니
인간도덕은 자연의 세포도덕에 불과한 것
대자연섭리가 진리의 근원이 되나니

몰락하라 이미 죽은 미개한 이기시대여!
천법이 배합된 인법으로 다시 살아나라
인간번데기를 벗고 자연의 새로 날으라
자연도덕 모르고 인간이기 법만 따르면
존재가치는 없고 시대유행으로 사라지리.

나의 빗

부모님으로부터 태어난 빗
세상위에 살게된 땅의 빗
햇살을 준 태양과 하늘의 빗
밤하늘의 달과 아름다운 꿈을 준 별들의 빗
형제들의 우애와 의지에 대한 빗
열정의 불쏘시개가 된 사랑의 빗
아내와 자식들에게서 얻은 행복의 빗
우정 나눈 벗과 이웃의 정들에 대한 빗
인연에서 인생을 엮는 인과의 빗
스승과 제자의 고마움과 은혜의 빗
산과 바다와 강이 주는 깨우침의 빗
동식물과 흙과 바위와 패랭이와 이끼와
벌새에서 독수리까지 비상을 꿈꾸고
나에게 환상과 사색을 준 고마움의 빗
지구의 내장 바닷속의 생물들과
곡식과 열매와 나물풀들에 대한 빗
잠자리를 재공해 주는 나의 집과 침실
책상과 컴퓨터에 대한 생활과 안락의 빗
화장실에 걸린 수건과 벗어던진 팬티와
벽에 걸린 모자들의 도움에 대한 빗
그리고 내 자신의 진실들에게 갚지 못한 빗
이 처럼 나에게는 빗이 많으니
나야말로 세상에서 가장 부자이다.

삶에 고통하는 임에게

원함없이 오욕칠정 타고나서 왔건만은
살다보니 오한팔고 지옥같은 인생이라
왜그런가 돌아보며 천지인을 둘러보니
허무할사 산에걸린 구름같은 인생이여
하늘님이 죄인인가 본신혼이 죄인인가
너울너울 뒤집어쓴 넋의업보 죄업인가
다시보고 털어봐도 내죄업은 아니건만
내인연의 길에업혀 엮고엮인 탓이렸네
벗을수도 놓을수도 없는것이 고통이라
한다한들 못할손가 세월가면 사라질일
임이시여 그대고통 내일영화 위함이라
쓴맛들이 단맛되는 그이치가 보상하리
모든것은 변할지라 그대삶도 변하리니
뻐꾸기가 울고가면 온세상도 풍성할사.

존재하는 한

바람 부는 곳에 내일이 있어요
천둥 치는 곳에 깨침이 있어요
애써 달려요 비바람 우는 곳에
이룰 것 많아요 새로운 창조들

아프고 슬픈 곳에 희망 있어요
생명 산다는 것 고통이라 해도

뜨는 태양도 지는 저녁놀 삶도
아침 이슬에도 영근 꿈 있어요

침묵은 안 해요 말 할 거예요
세상과 존재들이 사랑인 것을
막을 수 없어요 천天법인 것을
자유를 막는 것 사람 덫일 뿐

새로움의 시작도 파괴라는 것
불변 법 없어요 진화 세상 법
멈춤은 죽음 사랑만이 신세계
사랑해요 모든 것 존재하는 한.

천법 天法

인간 본능에 주어진 법은 곧 신의 법리요
또한 인간근원 법치가 자연섭리 법치이다
하여 자연법이 천법이요 천법이 신법이다

인간이 만든 인간행위 도덕법은 인법이요
그 도덕을 어긴 자는 인벌을 받을 것이요
자연 천법 어긴 자는 천벌을 받을 것이다

먹고 일하고 자고 자웅 종 번식 천법이요
인간가치위주 도덕은 편리적 인법일지니
어느 기준법으로 벌과 천당을 논하는가?

무아경지

그대가 득도하려면
그대 가장 사랑하는 것을
버릴 줄 알아야 한다

그대가 해탈하려면
그대 가장 아끼는 가치를
놓을 줄 알아야 한다

그대가 열반하려면
그대 가장 존귀한 자신을
없앨 줄 알아야 한다.

천법시대

가장 진실한 자가 가장 긍지로운 자유인이며
가장 순수자연인이 가장 천법의 진리로 산다
자연의 섭리와 인간의 본성과 본능은 하나의 태반에서 나왔다
따라서 그것이 근원의 신법이요 신의 인도이며
죄악을 논할 수 있는 근원 진리 행법이다
왜냐하면 인간은 자연 속에서 태어나
그 정기를 이어받아서 진화하는 유기생명체이기 때문이다
누가 인간이 만든 인간만을 위한 이기 인법으로 천벌을 논하는가?
어리석고 미개한 시대의 인간이기도덕에 세뇌된 정신으로
우주생명과 태양법과 지구와 자연섭리 근원을 모른 채

어찌 진정한 참 존재 삶으로 살다갈 수가 있겠는가?
선악과 죄악의 가름 가치부터 진리적이지 못한 속에서 허우적임에
아무리 희망과 꿈을 이루어도 만족이나 행복과 평화 없음은
허구의 진리와 가치에 설정된 삶이었으므로
오직 허무와 시기질투와 이기적 탐욕만 늘어나리니
무엇이 존귀한 인생을 헛되게 살다가게 만드는가?
이시대의 도덕들이 우리들을 어리석음에 빠져 있게 만듦이니
오! 어서 자연진리법으로 깨어나 새 시대 도덕이 열려야 함이라.

다변화 시대에서

오직 한길로 치달으며 곁도 볼 수 없도록 달리지 마세요
누구든 무엇이든 선택 속에 접하며 살아요
그래야 혼자 가는 길이 외롭지 않고
향기로운 길의 들꽃처럼 인생이 아름다울 테니까요
종착역은 없어요 희망이 있는 한
한 길도 없어요 인연이 있는 한
나의 길도 없어요 너희가 있는 한
주어진 길도 없어요 날 창조하는 한
외로운 길도 없어요 사랑이 있는 한
묶여진 길도 없어요 자유가 있는 한
의식의 세계에 갇히지 않는 한 모두가 내 세상일 테니까요
영혼이 있는 한 날개가 있어요
끌리면 거침없이 선택을 하세요 내가 날 선택하듯이
진정 슬플 때 슬퍼할 수 있다는 것
그것도 행복 속에 있다는 증거일 테니까.

하나에 한 번

세상에 태어나 있는 것들 하나에 한 번으로
경험 있었다면 다시 하지 않아도
그 삶은 만족한 인생

인간이 느끼는 락과 꿈들도 하나에 한 번
맛보고 부려보았다면
더 이상의 반복추구는 탐욕이라

다 보고 느끼고 겪었어라
하늘과 땅과 바다와 숲들의 이야기
세월을 짊어진 사랑의 목숨이 변하는 것까지

태양의 햇살에 진물 나는 과거를 말리고
밤이면 별들의 눈동자로 세상을 바라보나니
남은 여분의 삶은 상이요 벌이 되누나.

중독

모두가 중독되었어
탐욕이기에 붙잡혔어

쾌락에 빠져들고
시대유행에 먹히었어

모두가 참지 못해
시기질투에 길들어서

금단현상 때문에
끊으면 더 발광을 해

중독된 문명 속에
혼란과 혼돈만 남았어

아무도 끊지 못해
후유증이 더 두려워서

탈출하라 영혼이여
무덤과 같은 생명에서.

진리

신이 나에게 준 자유를
내가 다 행할 수 있을 때 나는 신이요

자연이 네게 주는 혜택을
내가 다 누릴 수 있을 때 나는 자연이다

그러므로 신과 자연의 이치가
내 속에 다 있으므로 그것들을 깨우쳐
삶을 사는 것이 곧 내 가치와 존재이다

따라서 나는 인간으로서
자연이요 신이요
그 섭리 속의 유기생명 존재체이다.

실사구시 實事求是

자연의 생체리듬이 내 몸과 같은 현실로
육체의 땀과 영혼으로 피가 흐른다.
생명의 오감五感 허기지게 방황하던 날
세포들의 반란과 신경의 밧줄들이
존재의 현실에서 오라가 되게 하나니

매마른 피부에 최소한의 이슬 한 방울
하늘 향한 꽃잎에 떨어지노라면
꽃의 영혼은 이내 하늘의 별이 될지라
현실에서 진리를 찾고 배우라고
생명을 그렇게 만들어 놓았음이리니

어찌, 생명의 진리가 삶의 투쟁뿐이런가?
그리고, 목숨은 무엇을 위하여 연명하고
존재의 가치는 어느 척도에 두어졌는가?
내 하나, 눈물 한 방울쯤 가치는 되는가?
아니면 천지의 뜻에 일조가 되고 있는가?

알고 있는 모든 인식과 지식들 깨부수고
새로운 일점으로 시작한 실사구시로—
세상의 일체에 의하여, 대하여, 위하여,

성찰하고 통찰하여 내 생명에서 일어나는
맥박과 숨소리의 중함을 세워야 함이리니.

진정한 고향

진정
내가 태어난 곳이
어머니던가 고향이던가?

그것이 아닌 것이다!
인간이 태어나게 된 곳은
자연의 근원섭리태반인 것이다!
그래서 우리는 자연으로 돌아갔을 때
진정한 평화와 영원한 행복을 얻게 된다
인간 세상에 만족한 행복과 진정한 자유와
인간정신에 존재긍지가치 있다고 누가했는가?
천지인 정기 합 일치한 진리 사상 세우지 못하고
인간위주의 이기적 철학이나 종교의 편협 믿음이나
시대 유행도덕에 길들여져서 삶을 이끌고 낭비하면
진정한 사랑이나 신성한 생명의 요람 같은 평화
인간은 영원히 고통 속에서 얻지를 못할지니
어느 땐가 돌아볼지니 살고 더 살아볼지니
끝내 자연의 품이 고향이요 어머니요
자연의 섭리가 하늘의 말씀이요
진리라는 것 깨닫게 되어
그의 품 찾아들게 될지니.

자유의 경계

금지 표시판을 부셔버려라
진리의 도에 이르지 못하고
인간의 덕과 행위 론에 대하여
반항한 만큼 자유이리니

그리고 증명하라
자유로운 구속에 대하여
그대들의 도덕과 양심은
어느 기준에서 저울질되고 있는가?

이 모두가 자연천국에는 없는
인간이 만든 속박이요
자연섭리에 역행일 뿐이다.

나는 웃는다

나는 웃는다
미개한 가치시대에서
웃기지 않은 것이 없고
코미디 아닌 것이 없다
진리진실이라 함에
더욱 웃긴다

그러나 나는
비웃지는 않는다.

소음

아!
시끄럽구나!
인연의 수레바퀴소리
떼 지어서 지나가는 삶길
비켜선 숲마저 먼지투성이다
광야를 달려가는 메마른 발자국
서 있는 숲은 그 땅 그대로인데
미지의 개척 길 험할 뿐이라
영혼이 가난한 이들이여!
무엇이 더 필요한가?
구걸하는 목숨도
자기 것 아니련만
인연의 쇠사슬 끌고
고통의 길 치닫는 탐욕
멈추지 않는 수레바퀴소리
가도가도 몰골만 드러날 길에.

산정의 빛 되어

시렁 같이 솟은 산정으로
구름같은 신선이 앉으니
세상이 한 움큼이요
하늘이 두건이라
살아온 과거 아우성도

한 입 뱉는 입김에 사라지고
아름다운 산천을 향해
정기 열어 조우하니

존재의 모든 형상 없어지고
일체우주 정기운율만이
천정의 꽃으로
산정의 빛 되어 휩싸고 돈다.

우주의 존재 앞에

자연을 향한 모든 세포들을 개화시키고
예민한 심장을 스치며 영혼 속에 길을 연다
존재한 삶의 발자국들을 이끌고
세상의 근원중심을 향하여 걸어간다

모태의 사랑 자연수액을 마시면서
새와 바람과 계곡의 폭포수와
이끼의 숲을 짊어진 산등성하늘을 벗하며
운명의 위대한 사선을 넘어간다

내 존재와의 동일성들이 경이롭게
서로가 만나며 나를 반길 때에
내 창조의 운명이 자연의 창조운명이라
자연섭리진리로 나를 깨우며 간다

나를 정복하는 것이 자연을 정복하는 것

그것이 승리요 영원한 복종이리니
내 창자의 우주에서 자라는 섬모의 숲처럼
그들의 생명 속을 나는 걷고 있다

우주생명체 속 원자생명 같은 지구가
내 몸의 세포처럼 진화를 꿈꿀 때
나는 새 시대 지구중심에 길을 만들며
진화를 향한 영혼 하나를 우주에 바친다.

참선 2

고요한 적막이 깔려온다
느낌의 고귀한 음률이
별빛처럼 쏟아져 내리고
어둠이 살아서 움직인다
적막이 우주의 음률을 안고
영혼을 부를 때
영혼의 천공은 빛을 내고
율려의 탄생을 깨운다
고요가 율동이었고
적막은 심장의 종소리였다
짚을 수 없는 거기!
빛과 음률이 어우러진
아련한 고요의 적막 속에
내가 흩어지고 있다
세상이 태어나기 이전
사라진 세상이 되돌아오듯

거기 그쯤에 그가 있는 것처럼
나를 밝히고 있었다
애초에 바람은 불이었고
불은 죽음이었던 것처럼
그렇게 나의 존재
고요와 적막 속에 있었다.

우주

날
마다
사랑을
잉태 하고
출산을 한다
선악도 없으니
죄란 존재 않는다
경멸이나 노여움 없이
생사에 개체를 초극 하니
모든 상생법이 자연율법이다
진리의 세계에서 진리의 섭리로
진리의 길을 가는 생명들의 진화 길
날
만든
창조의
신은 없다
자연이 신이요
자연섭리가 율법이다

따라서 인간은 그 속에서
일부 세포존재로 자유로운 생명
인간의 법은 질서유지법에 불과한 것
누가 벌할 것인가 진리는 죄를 묻지 않나니

나
우리
모두가
하나이리니
우주자연이 성체요
우리의 정신이 신의 정신
인간 태반 속 태아성장 모습이
인간탄생의 진화현상과 꼭 같음이다
인간 이백억년은 우주시간 개월 잉태기간
궁극의 신 우주는 아직 미숙아 상태의 태아생명체.

무념지각

눈을 감고 안 볼 수는 있어도
있는 것을 없다고 할 수는 없다
뇌수가 살아 있는 한
생각 안할 수는 있어도
있는 념력 무념이 될 수는 없다

자연계 생명들은 종의 유전자에
진화의 기억들을 본능화시켜
그 본능을 꺼내 쓰고 산다

본능과 자연순리를 따르고
생사에 이기 없애면 무념상태라

존재와 가치, 인과와 상생요건
수와 질과 격과 미 까지도
내가 이끌지 않고 흐름에 맡기면
나는 세상일체중의 일점이요
무상존재의식이 무념의 경지

어이 탐하랴 쌓는 것이 짐이요
어이 남기랴 가져가지 못할 생
어니 다투랴 내 것이란 없는 것을
어이 번뇌하랴 구름이면 족하고
어이 달리랴 머문 곳 극락일 제.

바람이 말했어요

바람이 말했어요!
무엇을 붙들고 사느냐?
무엇을 향해 달리느냐?
거기 무엇이 있더냐?
그것이 진정한 너 이더냐?

바람이 말했어요!
너는 바람을 먹으며
바람을 안고서
바람얼굴에 화장을 하고
바람 위에 흔적을 새기노라

바람의 품에 안겼어요!
가장 투명한 순수로
가장 자유로운 평화로
꽃가루처럼 육분 날리며
노을의 햇살을 보았어요

바람이 되었어요!
모든 아름다움이
모든 슬픔들이
모든 존재 가치마저도
바람의 영광 빛이 되었어요.

물방울

흙탕물이거나 맑은 물이거나 모습 그대로
진실만을 아름다움으로

실개천이든 낭떠러지든 자연에 순응하며
현실의 순리에 따르고

낮은 겸손자세로 흘러서 바다를 이뤄놓고
진리의 큰 뜻을 세우며

하늘이거나 땅이거나 널리 나누는 사랑에
생명의 자유 창조하니

충만 넘실대는 바다로 승천하는 무지개로
순수긍지 이룬 경지라

햇살보다 풍성하게 세상만물 공생시키며
진리의 거울 보이나니

아침이슬 영롱함 속에 세상이치 가득이니
모두 자연섭리 진리이라.

생태여행

나의
껍질을 벗어내고
지구의 푸른 별을 나의 눈동자로
태양을 나의 심장으로 삼고자 먼 길을 떠났다

익은 영혼의 더듬이 촉수로 여행을 한다
지구의 작은 별 내 자유로운 유배지속에
무엇이 있고 어디는 어디로 통하는가?
역사를 만들며 숨을 쉬는 생명체들
모두가 나와 일체생명 법리이다
신비한 아름다움의 조화
천지인 천기천정
진화의
생명소리
무궁한 시간 풀고
자연생명체로 거듭난다
내 더듬이 촉수는 그렇게 많은 사랑을 만든다
시간과 역사 넘나들며 또 다른 미래를 그린다.

백호의 포효

파란호수 위에 독수리가 물고기를 낚아채 오르는
아직 원시림이 살아 있는 생태의 숲과 호수
무장되지 않은 대자연 속에 평화가 숨 쉴 때에
영기 찬 백호가 태양을 등지고 숲에서 나오나니
솟은 산들과 호수와 푸른 하늘 서기에 가득 차누나

백호 포효하며 현신하는 이유 자연은 알렸으니
뿌연 안개 자욱한 인간도시에서 들려오는 아우성
피비린내 나는 탐욕과 이기의 전쟁터를 향하여
오! 긍지로운 독수리여 백호를 앞서 인도하라
호수 따라 흐르는 강물에 정화의 소독 풀어야 하느니

천지의 정기여! 숲과 강의 영혼이여! 깨어나라!
수천 년이 병들었으니 만년이여 서둘러 먼저오라!
천정天情의 사랑으로 상한 인정을 치료해야 하느니
자연이 자연 되지 않음에 엄벌이 있을지라
태양의 품에 요람이 있나니 누가 천국 부수는가?

허무와 절망과 고통이 있는 자 눈뜨고 찾으리라
사랑과 나눔과 평화를 아는 자 먼저 깨어나리라
대자연정기의 몸 일으키고 천정天情의 품에 안겨
영혼과 육신의 평화 얻은 자 참 존재 찾으리니
아! 태양의 정기 백호로 포효하니 천지가 깨이도다.

인생길

신성한 성지를 통하여
천공을 깨우며
태어남을 세상에 알렸다
주어진 육영을 통해
배우고 깨우치며
진리로의 나를 일구면서

삶의 시련을 시를 통해
보람을 나누고
존재로의 유언을 남겼다

시로 엮은 관을 짜면서
장송곡을 읊조리며
묘지로 향한 길을 걷나니

아! 어머니 태반에서부터
자연의 태반으로
가는 길이 지치게 멀다.

짐

허락도 없이 세상에 태어나서
이 세상에 신세지게 되니
오! 그 은혜 어이 다 갚으랴

조금이나마 신세 갚고자 하려니
더욱 신세를 지게 되고
아! 결국은 신세만 지고 가노라

포장

최소한 실오라기 하나
걸치지 않고
내 육과 영이
살아 갈 수만 있다면
그때에 나는
진정한 나의 나 이련만

포장된 세상 속에서
발가벗어 본들
그것도 포장이라 함에
내 영혼의 알 몸은
늘 거추장스런
늪비늘에 가려져 있다.

진리 2

신이 나에게 준 자유를
내가 다 행할 수 있을 때 나는 신이요
자연이 내게 주는 혜택을
내가 다 누릴 수 있을 때 나는 자연이다
그러므로 신과 자연의 이치가
내 속에 다 있으므로 그것들을 깨우쳐
삶을 사는 것이 곧 내 가치와 존재이다.
따라서 나는 인간으로서
자연이요 신이요
그 섭리 속의 유기생명 존재체이다.

그대 뜻대로 하소서

모든 절망이여!
그대 뜻대로 하소서
그것이 희망일지니

모든 속박이여!
그대 뜻대로 하소서
그것이 자유로다

모든 파괴여!
그대 뜻대로 하소서
그것이 창조일지니

모든 미움이여!
그대 뜻대로 하소서
그것이 사랑이로다.

구제

모든 고난에서
누가 그대를 구제해 줄 까나
오직 나누는 사랑 속에 그대 구제 되리니

모든 가난에서
누가 그대를 행복케 할 까나
오직 무욕의 만족만이 그대 충만 되리니

모든 속박에서
누가 그대에게 자유 줄 까나
오직 자연의 영혼만이 그대 구제 하리니.

임진각에서

하늘 길 물길은 하나를 이루어 흐르고
철새들 무리 지어 날아서 오가는데
녹슨 철마는 포탄구멍으로 한숨만 뿜는다
위대한 자연과 만 생명들은 그대로인데

인간이 만든 휴전선엔 인간 스스로가
자신들의 자유를 가두고 철조망 쳤나니
작은 땅덩이 한반도의 허리에 걸친
녹슨 사슬은 인간이기가 만든 감옥이로다

자연과 선량한 생명들은 원하지 않았으리
오직 위정자들의 안위와 헛된 가치관과
거짓 진리의 허영이 만들어 낸 표상이라
국가라는 울타리가 인류의 적인 것을
형제의 가슴에 구멍을 뚫고 깃발 꽂으면서
치욕 된 훈장을 주고 받았단 말인가?
욕됨의 탑들 앞에서 홀로 묵념하나니
누굴 기리는가 인간이기의 영광 앞에서

미개시대의 미개인 개미군단 종들이여!
어찌 자연의 땅과 하늘에 금을 긋는가?
바다와 강을 오가는 임진강 숭어 떼와
지구의 남북을 오가는 철새들이 비웃나니
미개한 인간들의 탐욕세상을 보며
자연섭리이치를 저버린 지구의 바이러스

자연의 암 종들로 멸망할 그들을 향해
위정자 몇몇 무리들을 위한 세상이던가?
그들은 선민세상을 지옥으로 이끌고
평화와 자유와 진리를 유린시키고 있나니
녹슨 철마에 그들의 썩은 진물이 고였구나
하나된 하늘과 자연과 흐르는 강이 있어
아직 희망은 있는 것인가?
사라져라 인간이기여! 그것이 휴전선이다.

행복은

행복은
너무 가까운 곳에 있어서
보이지 않고

행복은
너무 쉽게 숨어 있어서
찾지 못하고

행복은
너무 많이 널려 있어서
고르지 못한다

행복이란 그렇게
너무 가까이, 너무 쉽게
너무 많이 있는데

자신 밖 멀리에서
찾아 헤매이기에
행복 아무나 갖지 못한다.

자연의 천법

눈코입귀가 없어도
듣고 느끼고 말 하네
기氣 에너지로 주고받는
아! 만생명의 언어 있었네

선악도 가리지 않고
자연섭리 법 진리로서
상과 벌을 내리었네
아! 기와 천정의 판결이네

느끼는가? 보이는가?
만 생명 소리 들리는가?
그대 생명 감싸고도는
자연 인과의 정기흐름들

눈먼 생명 개체존재
기세상속에 허우적이니
진리의 더듬이 없음이라
고통뿐인 삶이라네

다시 깨우칠지어다
얻고 나눌지어다
자연섭리이치 정기율법
아! 인간은 성신이 될러나?

존재부실 存在不實

남을 시기 질투하거나
그 행동에 동조한 자는
이미 자신에게 실패한 자이다
왜냐하면
그것이 이미 상대자에게 열등함을
인정하고 있기 때문이요
그러한 성격은 영원히 대상자를
이길 수도 없기 때문이다

술책과 술수를 쓰는 자여!
그대 그렇게 목적을 이룰지라도
그대는 패배자이다
왜냐하면
그렇게 얻은 목적이란 모두가
이기와 탐욕이기 때문이요
그 탐욕은 인간의 허욕이요
그 허욕엔 행복이 없기 때문이다.

가식과 허세와 빈 자존심에
자신을 포장한 자는
이미 자신이 죽은 자이다
왜냐하면
그것은 진정한 자신이 아니며
허구에 이미 자신을 팔아
참 자아를 잃고 자신의
시체만 내세우고 있기 때문이다.

현실극락

산천을 휘 둘러서 세상을 돌아보아도
서 있는 곳 이 세계가 극락세계일지라

파도치는 산구비들을 징검다리 삼고
산정에 올라서 세상을 내려 보노라니

저녁놀의 눈빛 되어 하늘의 영혼이라
어이타 태어나서 이 영화를 누릴까나

날마다 아름다운 변화의 새로운 세상
불만이 무엇인가 돌아보면 하찮은 것

육신은 삶에 담가도 영혼을 높게 두니
일생이 오르가즘 길 나날의 영광이라

충천한 사랑 빛에 천정애를 나누노니
내가 산천이요 만생명이 내 사랑이네

걷고 뛰고 서 있나니 하여도 그 자리
세월이 혼자 늙어가는 형상세계일 뿐

오늘도 산천 위 무궁령을 홀로 걷나니
숲향 실은 구름에 내 영락이 실려가네.

행복과 만족

오! 그윽한 눈빛의 그대여!
나에게서 사랑을 채우는가?

지나온 아픈 상처 치유하며
나에게서 행복을 꿈꾸는가?

오! 그러나 가난한 꿈이여!
만족을 찾고 얻으려는 보물

행복은 만족함을 채우는 것
끝없는 깨우침의 수확인 것

내가 날 채우는 과정이라서
어디에 누구에게도 없는 것

최대 만족도 주어진 현실 속
그 안에 존재하고 있다는 것

오! 별빛이 가득한 눈빛이여!
그대 만족 어디서 구하는가?

성신이여 오소서

귓속에 계곡이 흐르고
여름날 매미소리 아득히 날으는
고요한 시간을 타고
임이여 속삭이듯 오세요

세포의 그리움들이
안테나를 열고 임을 찾을 때
심장도 모르듯이
임이여 바람의 살결로 오세요

정신의 통찰이 이성을 부르고
감성과 사랑의 충동으로
지성을 동반한 육신의 대지에
임이여 오소서 기적의 창조로—.

수양 修養 하소서

질투하지 않는 질투가
가장 두렵고

복수하지 않는 복수가
가장 무섭다

용서하지 않는 미움이
가장 고통이요

평정되지 않는 마음이
가장 불행이다

너그럽지 않은 아량이
가장 가난하고

버리지 못하는 이기가
가장 낭비이다.

조율 調律

조율되지 않은 악기는
아무리 잘 켜도
불협화음

깨쳐 있지 않은 정신은
아무리 잘 짜도
어둠의 선택

여러 음색 중 한 음만
조율 안 되도
연주할 수 없는 음악

하늘 땅 모르고
인간 세상만 깨쳐도
허무의 삶
천지인 근원 진리의 합
모두에 어울리는 음
그것이 완벽한 조율

자신의 음 찾으려면
전체 음들 깨쳐야
얻게 되는 법

깨침만이 그대를 세우리—

나는 사랑하리라

나는 사랑하리라!

권력자 만 명보다 한 명의 자연인을
억만장자 만 명보다 한 명의 비운 자를
영리한 자 만 명보다 진실한자 한 명을—

나는 사랑하리라!

책략가 만 명보다 순수한 자 한 명을
부정인 만 명보다 한 명의 긍정인 자를
달변인 만 명보다 실천한 자 한 명을—

나는 사랑하리라!
유명인 만 명보다 베푸는 자 한 명을
지식인 만 명보다 한 명의 깨우친 자를
착한이 만 명보다 창조한 자 한 명을—

넋이여! 지금은 아니다!

내 영혼의 감옥 속에 스스로 갇힌
권태를 동반한 넋이여! 지금은 아니다
질펀한 어둠을 튕기는 세상에서는
오관도 필요 없다하는 경멸의 손으로
진물 나는 오욕의 샘을 파고
스스로 자살하려는 나의 넋이여!
네 눈물의 강줄이 산하를 만들고
죽어간 마른 시신을 모은 불쏘시개로
하늘에 태양을 얹어 놓았던
비석 같은 넋이여! 영혼의 신부여!
그대의 12형제들이 부른다
어린 패랭이꽃의 향기나
별무리 꽃다발로 유혹하지 않아도
너는 너의 천명으로 일어서라!
개척자여! 억년이 묻힌 동굴을 파라!
너의 어미를 고려장시킬 곳은
빛이 넘실대는 숲속 바람의 그늘이다
포기할 수 없는 빛들의 제련소를
그대 넋 없이는 가동되지 못하니
함께 녹아지자! 용광로의 광풍으로!
어차피 생명의 족보 만들었으니
함께 태어나 함께 사라질
이 한 생명의 불꽃을 위하여!
넋이여! 다시 일어나 동굴을 나오라!
저들의 눈이 어둠을 더듬는다
그대보다 더 처참한 죽음을 향하여
모두를 자살시키려는 넋이여!

우리는 저들을 위하여 유유히
바람의 풍장으로 갈 운명일 뿐이다.

천정인 天情人 으로 참나세

참사람은, 개인의 참 자아와 근원순수성을 깨우쳐서
자연도덕 속에서 존재가치를 창조한다.

참정신은, 개인이기를 뛰어넘어 자연의 천정사랑으로
세상치료와 선도봉사함을 덕으로 삼는다.

참인간은, 인간 진화를 위하여 자연계와 공존 공유를 나누며
일체성 미래도덕을 펴고 이끈다.

참나라는, 사상의 나라로서, 우주만생명의 진리도덕을
목적으로 새시대의 도덕을 이루어 세운다.

참세상은, 자연섭리도덕에 따르는 인간도덕을 세우고
자연계와 조율된 천정인(天情人) 세상을 이룬다.

천정인(天情人)은,
〈세상사〉, 〈자연사〉, 〈인간사〉, 〈인과사〉〈 존재가치사〉〈나눔환경사〉
〈창조진화사〉에 대한 순수 자연근원의 도(道=진리)와 덕(德=행위)로
인간진화를 이끌며, 자연일체 무궁사랑의 천정(天精)사랑으로
평화를 이루고, 자연과 인간생명의 미래적인 생명존재 가치를 높인다.

제 4 부

자연의 명시편

봄의 교향악

봄의 대지에서 장엄한 음악이 들린다
먼 지평선으로 팬파이프의 떨리는 저음이 솟아오르고
피콜로의 가냘픈 음률이 수리처럼 날은다
콘트라베이스가 아이를 낳듯이
대지를 울리며 태양처럼 가까워 오자
첼로가 환영하며 강줄기 따라 나오고
트라이앵글소리와 함께 원반챙이 울리자
잠이 깬 밀림 속에서 북을 두들기며
원시인이 곤두발로 밀림에서 달려 나온다
깨어난 생명들의 맥박과 숨소리가
트럼펫 고음으로 천상의 음을 조아내고
선녀가 날 듯한 플룻 선율이 다시 흐른다
봄의 주제음이 반복되고 다시 변곡으로 넘어갈 때에
바이올린이 심금은 떨면서 스스로 곡조를 만든다
하늘이, 바람이, 산들이, 숲들이
누워서 흐르던 강이, 바다에 일렁이는 파도들이
저마다 일어나 악기를 들고 연주를 한다
불협화음 속에서도 화성악의 질서가 들어 있고
장엄한 오케스트라연주 속에 우주의 음률이 흐른다
바이올린의 사선위에는 겨울의 잔설이 녹아내리고
베이스가 첼로와 함께 눈물을 흘리자
먼 수평선너머로 슬픔들을 끌고 사라지는 팬파이프소리
아득하게 이별과 만남이 교차 하는 행사가 이뤄지고
이슬 같은 피아노건반이 경쾌하게 길을 안내하자
봄의 주제음이 다시 반복되면서
대지 위에는 햇살이 가득 쏟아져 내리고
각종 새소리들과 함께 꽃들이 피어오른다.

노을

아! 수만 송이 꽃들로 일어섰습니다
꿈을 부르다 죽어간 영혼들이
붉은 피의 깃발로 가을하늘에 피었습니다

깨어나 푸르던 아침의 하늘자락
오전과 정오의 불타는 인생들도
하늘자락에 걸린 남은 시간으로 몰려들고
꿈의 배신으로 목들이 잘려나간
붉은 바다위에 등신불단을 세우고
남은 미련과 유혹의 꽃들마저도 불사릅니다

수 만송이 황홀한 꽃들의 경멸이여!
다시 볼 수 없이 녹아내리는 하늘이여!
긴 삶의 흔적 유언으로 남긴 채
엄습하는 죽음의 검은 장막을 마중하는가?

사랑의 인내와 비굴한 자유와
꿈의 유혹, 사랑의 쾌락
영광의 미련, 죽음의 두려움에서
아부의 구걸 따위의 역겨움을 토해내는
꽃들의 마지막 울부짖음으로
안녕! 안녕! 이별도 사랑이었던가요?

아! 수만송이 꽃들로 일어섰습니다
꿈을 부르다 죽어간 영혼들이
붉은 피의 깃발로 가을 하늘에 피었습니다.

이 가을이 너무 야하다

색동옷에 연지 곤지 찍은 산들이
손 흔들며 유혹을 한다
아! 이 가을이 너무 야하다
숲에 든 햇살도 바람도
어느 새 그들과 사랑에 빠져
붉은 빛을 뿌리며 춤을 춘다
키 높은 갈참나무 소나무 너나없이
붉은 속옷들 들쳐 올렸다
계곡 사이의 옻나무 단풍나무는 불이 붙어
이미 핏빛으로 활활 타오르고 있다
어쩌면 처녀성에 낭자한 핏자국 같다
벌어진 산줄기가 너무 오싹하다
저들의 화려한 유혹은 봄보다 몇 배 진하다
황홀경에 빠져 든 산객 시선 못 거두고
뜨거운 심장은 쿵쿵 방망이질 해 댄다
아! 더 이상 참지 말아야 한다
저들 속에 빠져 들어가 함께 불타야 한다
온 가슴으로 뜨거운 사랑 풀어야 한다
저리도 불붙는 저들의 열기 속에
산객의 사랑 부족하다 하더라도
붉게 벌거벗은 온 몸 간음이라도 해야 한다
꿈틀거린 산허리 산줄기가 너무 짜릿하다
아! 산객의 가슴이 너무 야해 진다.
오!~ 이 가을이 너무 야하다.

가을 애상

손등에 낙엽이 쌓인다
손가락 능선으로 바람이 분다

엄지의 긍지로운 깃발도
검지가 향하던 방향 나침도
새끼손가락의 느린 행보처럼
류마치스를 부른다

눈섭과 콧잔등에서 미끄러지며
주름계곡에 흐르던 땀방울도
계곡마다 메말라 소금이 되었다

가슴 속으로 두엄이 익는다
무엇의 거름이 될 터 이던가
갈비뼈로 부는 바람소리
사막의 언덕처럼 모래가 쌓인다

바람이 발길에 걸린다
발톱이 바람에 채여 빠져간다.

오늘의 대문을 열고 나선다

오늘의 대문을 열고 나선다
먼지 낀 기억의 책장에 무수한 책들이 꽂혀 있다
소슬 대문에 사천왕들이 노려보듯이
그러나 나는 산천의 살아있는 것들로 향한다
밤이면 땅을 기며 엎드린 산들도 일어나 반긴다
저들의 오늘이 지식의 책장이 아닌
나와 같을 것이기 때문이다

오늘의 대문을 열고 나선다
심연의 대문이 눈동자처럼 열리자
일렁이는 파도에 얼굴을 씻으며 태양이 떠오른다
심장이 만발하게 꽃으로 피어 있다
사랑이 시가 되듯이 시가 핏줄마다 붉게 피어난다
허전한 한 구석이 웅크리고 쳐다본다
어제가 죽어진 검은 관이 보인다

오늘의 문을 열고 나선다
하늘로 오르는 무지개의 계단이 펼쳐져 있다
어제도 내일도 내게는 죽었거나 꿈에 불과하다
나는 빗질한 머리로 자연의 오늘에 나를 내 놓는다
찬란한 오늘을 모든 생명의 오늘에게로
상큼한 바람이 스치고 지나간다
어느새 내가 바람이 되어 꽃을 스치고 지난다.

산 위에 올라보면

산 위에 올라와 보면
왁자한 잔치가 펼쳐져 있다.

생명과 빛과 바람이 자잘대는
숲의 이야기가 있다.

야생화와 애벌레 나비 벌도
집 짓고 신방 차린다

계곡의 생수에 목 축인 바위
윗통 벗고 등목을 한다

풀섶에서 졸다 잠이 깬 바람
기지개 하품이 나른하다

하늘엔 구름 돗자리 깔리고
그 위로는 새들이 노닌다

산 위에 올라와 보면
나는 이미 숲이 되어져 있다.

봄비

꽃잎에 떨어지는 비는 꽃송이 될지니,
그는 부끄러움을 간직할 것이요.

풀잎에 떨어지는 비는 이슬이 될지니,
그는 바람의 목을 축이리라.

사슴눈동자에 떨어진 비는 별이 될지니
그는 별들의 노래를 배우리요.

처마 끝에 떨어지는 비는 농부가 될지니
그는 풍년을 영글게 하리라.

아! 4월에 눈이 오네

떠나버린 임이 다시 오듯 4월에 눈이 오고 있네
할 말 못다하고 떠났다가 끝내 지우지 못하고
울분을 토하듯 미련을 퍼붓는 하이얀 서리서리로

심혈이 막힌 듯 아팠던 너와의 이별이었기에
동토를 질주하던 백호가 너의 사랑에 갇혀서
설익은 미라가 되어가며 북극점에서 멈추었었지

봄이오니 너는 나보다 더 아파서 견딜 수 없었으리
아픔이 잊혀질 즈음 4월을 밀쳐내고 천둥도 없이

퍼부어대는 너의 그리움과 몰아치는 고백의 꽃송이들

사랑이어요! 서로의 잘못도 이별도 사랑이어요!
뉘우침은 가지고 갈 수 없는 참을 수 없는 고통이어요
우리의 봄은 불보다 뜨겁던 겨울로 풀어야 해요!

오~ 그랴! 우리의 겨울은 얼음 속의 화산이었지
어찌 봄으로 풀으랴 눈이라도 내려야지
아! 4월에 눈이오니 이제야 나는 떠날 수가 있네.

강가의 정자에서

빗소리는 정자위에 가얏고를 타고
시선의 눈동자에는 운무가 흐르네

부푼 강물 휘돌아 내달리는 용트림
흰 비늘 세우고 거친 숨결 토한다

푸른 산천 허리에 춤추는 생명율동
술잔의 축제처럼 여름이 찰랑인다.

지구의 운명

태양의 각막도 시력을 잃어가고
하늘도 숨이 막혀 컥컥거리고 있다
푸른 별이 열꽃으로 충혈되었으니
떨리는 두 손에 푸른 구슬을 든
태초를 사냥하던 예언자가 말 한다
이제 오염된 별이 유언을 남길지니
"별들이여 인간바이러스를 조심하라!"
두려운 목소리로 그렇게 말한다

허리를 두른 열대 우림이 사라지고
사막이 버짐처럼 번지고 있다
오로라가 극점에서 혼을 부르며 윙윙 운다
하늘이 오염되고 지구는 복수가 차올라
토해 내는 해일로서 오물을 씻는다
해성도 지구의 괴질을 피해 궤도를 바꾸고
우주의 내장을 보호하려 애쓴다

지구 인간은 은하의 세포를 갉아먹는
바이러스로 전락한 전투병이 되었다
상대를 모르는 자만한 이기의 군대다
끝내는 추방당할 자멸을 모른 채
오! 함께 살았던 자연의 만 생명들도
공모자로 억울한 죄를 뒤집어쓰게 되었다

탐욕적이고 미개한 인간 바이러스는
예언자의 말을 이단으로 경멸하고
하늘은 자기편이라고 떼지어 기도하나니

아! 밤마다 어미의 죽음 앞에서 기도하며
닳고 닳아 스러져 가는 달의 슬픔도
함께 운명 같이 할 애달프고 애달픈 일이다.

3월의 눈

창밖엔 눈이 하얗게 쌓여 있었어
떠나간 임이 다시 찾아 온 것처럼 오셨어
몰래몰래 창가에 와서
날 살짝 보고 갈려다가 들킨 것처럼
그리고 도망가려는 건지 눈물이 나는 건지
빗속에 몸을 감추며 녹아내리고 있었어
창문을 달으려다가 마음이 아파서
떠나려는 임을 우두커니 바라만 보고 있었어

어제는 늦게 잠이 들어서 기상도 늦었는데
아침은 굶어도 좋아 임이 왔으니
주섬주섬 옷을 걸치고 밖으로 뛰어 나갔어
임은 나를 보자 저 만큼 가면서 울고 있었어
뽀얀 얼굴에 비치던 하얀 속살까지 감추듯이
임은 눈물에 빗물에 범벅이 되어 가고 있었어
하늘에서 비가 내렸기 때문이 아니라
내 눈이 그렇게 울고 있기 때문이었어

아!~ 삼월의 임을
울며 떠나는 그리운 임을
나는 그렇게 붙잡지도 못했어.

163

탄생과 죽음

자연계 생명들이 죽고 태어나고
내 몸 세포들이 죽고 태어나고
우주의 별들이 죽고 태어나고
생명체진화를 위한 죽음법치
양질 세포 걸러 내는 작업
생명 죽음 그 이치라면
인간 어떻게 살아야
다시 환생할까나
생명 죽음의
법치가
자연
법
이
라
면
생명
환생법치도
자연도덕에 있음이니

인간은 자연섭리에 쓸모 있게 살아야
죽어지면 이 세상에 다시 태어나리니.

봄×70세

봄 × 60
그래도 봄은 새로워

양지 뜰 패랭이
아지랑이에 취하던

사춘기
두근대던 그 가슴

봄 × 설렘
이봄도 미칠 거야.

토왕성폭포

설악의 등을 타고
날아와
무지개다리 사이로
안개 옷깃 날리며
내리는 천사

야영의 밤은 깊고
설악의
부서지는 달빛 아래
하얗게 내려와 선

눈부신 선녀

그 때에도 나는
그녀랑
이 곳에 야영을 하고
사랑의 밤을 보내었지
옛 사랑의 추억

쏟아지는 폭포처럼
흰 가운 내리고
내게 달려와
바위에 부딪치듯
안기던 그녀

이 밤도 그 때인가
천왕폭포
샤워한 백옥의 알몸은
촉촉한 몸매로
내게 와 안긴다.

포구의 사랑

탱탱한 수평선 분질러 부수고
파 톱 세운 파도 거칠게 달려 와
육지의 살 내음 움켜 마신다
포구의 늑골을 파고 안긴다

지치지 않을 본능의 비늘 깃으로
육지 피부 핥아 오는 바다 열애에
항구 정절 열린 포구로 임 맞았으니
정에 몸 삭고 살갗은 퍼런 멍이다
갯벌 폐포에 박힌 폐선 폐 닻
사랑 왔다 떠나간 임의 아픈 흔적들
떠난 님의 그림자 갯벌로 넌다
뜯긴 가슴 물안개로 상처 지운다.

수평선 탱탱이 다시 선 날이면
가시 박혀 아픈 가슴 컥컥 삼키고
시공 넘어 청천에 천정을 문신한다
임 떠나 얽힌 그물 다시 손질한다

허리케인

(1)
충돌이야 사랑과 미움의 화산폭발
열대성과 한대성의 충돌이야
참을 수가 없어 서로 껴안고 미쳐버려
무지인간 쓸어가는 허리케인이야
방해하지 마 영혼까지 쓸어버릴 거야
바다의 눈물 육지를 삼킬 거야
모두가 탐욕 때문이야 탐욕 때문이야
거짓사랑 이기적인 인간들 때문이야.

(2)
유령이야 혼돈과 무질서 토네이도
널 향한 최후심판 예고야
멈출 수가 없어 넘치는 죄악 미쳐버려
헛된 것 쓸어버리는 토네이도야
후회하지 마 썩은 정신 쓸어버릴 거야
대지의 한숨 사막을 토할 거야
모두가 무지 때문이야 무지 때문이야
자연파괴 탐욕적인 인간들 때문이야.

가을인가요?

가을인가요?
진정 가을이던가요?
낙엽이 하늘 향해 부끄런 홍조를 띨 때
그리고 지난날들이 무색하게 매달릴 때
그리하여 가을인가요?
눈 뜬 새벽 계곡물안개도 몸 겨운 계절
서리로 한을 세우고 미련 불러도
어이하랴! 오색낙엽얼굴에 새긴 만상의 세월
떠날 때를 준비하는 무가치의 빈 가방엔
가지고 갈 것 있었던가? 없었어라!
남길 것 있었던가? 부질없어라!
은사시나무 껍질에 붙은 매미의 허물처럼
가지마다 꼭지를 달고서 우는 바람이어라!
그리하여 진정 가을이던가요?
허무로 물들인 오색찬란한 계절 앞에

삶의 사랑꽃과 초록잎들 그리고
분명 있었던 열정의 열매들 털어내고
원초의 빈 몸 되기를 준비 해야할 때
피골 사이로 바람 들어와 풍장이 시작될 때
아! 가을인가요?
진정 가을이던가요?

가을밤에

코스모스 흐느적임에 내가 있기에
쓰르라미 울음소리 내 노래이기에
가을밤 깊은 곳에 머문 달빛의 여울

그대와 마주칠 심중에 두근거리는
즈믄달 그리움의 웅크린 모습으로
가을 앞에 들켜버린 임향한 그리움

굳이 계절과 낮과 밤 찾지 않아도
내 속의 계절로 그대 와 머물기를
가을바람 풀잎소리로 임을 부르네.

가을바람

영혼이 쉴 곳을 찾아다녔다
숲속 나무와 이끼들에게로
다리를 끌고 시간을 끌고 다녔다

한 곳에서 살다 한 곳에 죽어
영원마저 그곳에서 사루는
죽은 고목이 웃고 있었다

자유가 구속이었던가?
움직이는 만큼 죄업이었다
사랑한 만큼 아픔이요 눈물이다

꽃들이 그랬다
나비도 벌도 그랬다
머물 수 없기에 사랑을 했었다

육신이 어디로 유랑하건
영혼은 한 곳에 쉬고 싶다
뿌리로 살다 죽는 숲의 영혼들처럼.

가을 산 사랑

하늘로 붉게 타 오른다
임의 볼에 핀 붉은 홍조처럼
산줄기 타고 내린 허리춤에 단풍이 물든다
누워서 꿈틀거리는 산허리는
골골이 바람을 몰며 불을 피우고
자신을 태우며 사랑을 확인한다
오! 부끄러워도 감출 수가 없다
열정의 여름에도 숨죽이었던 산의 순정
활화산의 용암처럼 터져 오른다
가을의 열꽃으로 등신불이 된다
사랑은 주는 것 나를 태우는 것
세상을 깨우는 것 나를 없애는 것
타오르는 불꽃으로 날려 보내는 것
단풍들의 이별 잔치는 그렇게 할 말이 많다
내님의 사랑처럼 할 말이 많다
올 가을 내 사랑은 너무도 붉다
입술에서 무수한 단풍이 떨어진다.

장마

창밖의 빗소리가 어제보다 우렁차게 내립니다
창밖을 보세요! 세상이 비를 맞고 있어요!

사랑을 하는 이는 사랑의 속삭임으로 들리고
행복한 이는 세상의 박수소리로 들리고
슬픈 이는 슬픈 눈물로 보여 질 것입니다
비를 맞고 있는 영혼들은 어찌하고 있을까요
나는 창밖의 빗소리를 들으면서
세상의 여러 가지 빗소리를 함께 듣고 있습니다
그 중에 가슴 아픈 빗소리가 더 많습니다

연약한 인간들의 희로애락의 가벼움 속에서
아! 나는 빗물에 젖지 않고 메말라가는 대지 위
황량한 사막의 땡볕을 보고 있습니다
얼마나 빗물을 때려야 세상의 정수리가 패이고
수심 깊은 호수 위로 나비들이 춤출까요
어제도 오늘도 밀림의 숲이 그리워 도망가고 싶은
나의 날개는 펼 줄을 모르고 앉아 있습니다

창밖의 빗소리가 어제보다 우렁차게 내립니다
창밖을 보세요! 세상이 비를 맞고 있어요!

산과 구름

산정에 잠시 머문 구름 한 조각처럼
가슴 풀고 노닐다 떠나는 임아!
바람이 불어도 산은 그대로인데
너는 바람이 되어 날아가느냐?

어설퍼도 산 덮을 이불 아니 되고
촉촉한 손수건 되어 흔드는 손
아무리 한 하늘 아래라도 기약 없으니
대지와 산의 영혼은 슬프구나

전생 후생 있고 없고 모를지니
이 땅의 만난 인연보다 더 중할 손가?
구름의 눈물이 비가 되어 내리면
산등성이 샘물 되어 숲도 창성하련만.

산행

내가 나를 오른다
내 업적들과 오물이 자라
삶이 쌓여서 솟아오른 산을 오른다

나를 실험한다
나의 능력과 순수를
하늘과 바람이 반기는지 실험을 한다

내 눈동자에 별이 있고
내 가슴에 태양이 있는지
자연으로 숲으로 있는지 확인을 한다

과거에서 내일의 희망을 열며
인생의 정상을 향하여
나는 오늘도 나의 높은 산을 오른다.

숲으로 오십시오

숲으로 오십시오
산림욕을 위해 마음 발가벗고
삶의 무거운 짐은 부려도
계산이나 이기 놓고
요구도 없는 자연인으로 오십시오
숲을 해하려하지 않고
서로를 느끼고 쉬면서
함께 정 나누는
가슴시린 그런 사람이면 오십시오

홀로 걷는 길이 외로워
자연의 품에 위안 받고
떠나더라도 미움과 헐뜯음 없이
머뭄을 아는 자로
정 남길 수 있는 사람이면 오십시오
경멸이나 탐욕도 두고
숲으로 오실 때는 숲 되어

숲과 그리움을 깨우치는
오직 그런 사람이면 오십시오.

숲의 향기

부르지 않아도 두 팔 벌리고
그리움이 오는 소리
세포의 귀마다로 빨려들며
손 내미는 사랑의 향기
오! 가슴의 바다에서 여울져라
행복이여 어디서 오는가?
나무들의 합창에 새들이 춤추나니
거짓과 경멸이 없는 바람아
너는 너무도 순결하구나
초롱꽃이 흐르는 물에
얼굴을 다듬고 향기를 분칠할 때
숨은 계곡은 부끄러이 다리를 편다
바위여 너는 위엄스런 부자
노루에게 그늘을 내어주라
일렁이는 햇살에
파도치는 숲의 물결소리에
평화로운 정열을 발산하는 서기가
내 가슴을 일어서게 하누나
천국의 문이 숲으로 열리고
낮이면 별들이 내려와 풀잎에 반짝일 때
섬모의 털끝까지 황홀에 취한
내 육영은 나비가 되어 훨훨 나른다
오! 숲의 노래여! 임의 향기여!

범종소리

산을 내려온 암자의 종소리가
허술한 밤 창안으로 넘어든다

새벽 시에 바랑도 없는 빈손
탁발시주 품 놓고 가는 것인지

선잠의 길목에 바라춤 추면서
부엉이 소리로 영혼을 깨운다.

밥상

혀끝에서 향기가 핀다
밥상에 차려진 산나물국에서
산뜻한 봄이 피어오른다

천마산이 내 놓은
이른 봄의 쑥과 냉이가
뱃속에 낀 기름기를 녹인다

목구멍으로 봄바람이 분다
나비요 꽃이요 향기이다
봄 밥상이 소풍이다.

가족

위태로운 생존의 세상에 숨겨둔
비밀한 안식처요
육신 쉬게 하고 영혼을 풀어내는
태반의 영역이라
사랑과 정을 나누고 자아를 씻는
충전과 정화의 샘
삶의 탑과 보람의 보물 쌓는 창고
나를 숨기는 동굴
세상에 가장 평화롭고 따뜻한 곳
꿈꾸며 잠드는 곳.

신국의 주인

아침에 눈을 뜨니
세상 모두 신비로움뿐이다
찬란한 햇살에 반짝이는 사물들과
창밖 자연계 산야에 펼쳐진
오묘한 생명들의 축제

내 육영도 경이롭게
상쾌하고 청아하게 깨어나
아름다운 세상과 대면하고 있다는
이 기적 같은 존재현실은
황홀한 천국일지라

그 무엇이 있어서
어디서 어디로 왔다가며
나의 존재 무엇에 쓰고자 했던가
아름다운 이 행복의 보상
왜 주어지고 있는가

무엇이 부족하랴
아침 이슬이어도 충만하고
무엇이 필요하랴 이 순간 영광이면
천국이 내 것이요 내가 곧
신국의 주인인 것을.

입춘대길

새벽 창을 여니 아침이 반긴다
안개 이불 걸치고 눈 비비고 앉은 앞산
도란도란 덕담을 쏟아내는 개천
겨우내 갇힌 생명들이 밖을 기웃댄다

흰 눈을 머리에 쓴 얼음도 말한다
"올핸 작년만 못해!"
항시 그 소리 여러 군데서 들린다
그래서 올핸 정말 입춘대길일 것이다

불만은 희망과 새로움을 낳는다
창문을 열면 길이 보이고
길을 나서면 이미 봄이요 사랑이다

"나는 오직 오늘을 고맙게 살 거야!"

산천도 나도 하루도 인생도 세월도
덕담하면서 위로를 해야 한다
"공기와 물과 햇살 담은 차맛 보실래요?"
새벽 창가에서 나는 차를 끓인다.

지구는 요즘

바다의 신 포세이돈이 노했는가
톱날을 세운 파도가 섬을 자르고
칼지느러미 해류는
인간전쟁 놀잇배들을 부수고 삼킨다

순수한 자연의 바다를
쪼개어 영해화 하고 주장하면서
육지의 오물 쏟아내는
인간해적들을 바다는 분노한다

대륙을 쪼개고 인간들을 나누고
전쟁을 일삼는 이기찬 패거리로
바닷비늘 벗기며 회칼질을 해대니
포세이돈이 일어나 해일을 만든다

허리 잘린 천안함이 독도를 수호하고
이순신 환생하여 해적을 쫓아가도
바다는 그 이유를 모른다

해적이 해적을 쫓고 싸우는 그 이유를

무릇 미물들은 자기 종을 죽이고
탐욕이기에 눈먼 정치라는 것을 하며
스스로 멸망의 길을 채촉함에
하늘땅 바다의 삼신이 분노를 한다

원초의 파라다이스는 어디 갔는가
천국과 극락을 누가 만드는가
도처가 혼란하고 상처를 만드는 병
순결한 원초 신들마저 괴질에 걸렸다.

5월의 노래

사랑의 계절이던가?
잠깬 생명들은 누드로 발가벗고
세상에서 가장 아름다운
몸매와 생식기를 자랑하며
화려한 음부의 향기를 내 품어
서로의 사랑을 유혹한다

종의 씨앗을 얻기 위해
꽃으로 화한 생식기들의 축제는
찬란한 햇빛 보다 요염하고
산새도 벌 나비도 사랑에 빠지고
풀숲의 벌레들도 짝 찾아
설레는 신방의 꿈을 꾼다.

새벽

태초처럼
어머님 발걸음으로
성스럽게 오신다

북두칠성
물 바가지에 퍼올린
옹달샘 눈동자

정한수 첫 기도
촛불에 타는 달빛
태초의 사랑으로

별들 이슬로 내린
촉촉한 여명길
어머님이 오신다.

새벽안개 속에서

애증의 상처와 흔적 지우고
태양의 약속이 시작되기 전에
기도처럼 영글은 이슬을 마주하고
잠 깬 꾀꼬리 물결 위에 악보를 새긴다

잡동사니 그림 다시 그릴지라도

새벽숨결 안개로 지워낸 하얀 백지
비운 위장으로 자신을 맞이하는
강촌 초야 순결이 무아의 눈을 뜬다

한낮 헐떡임의 목마른 갈증들
어제도 오늘로 잊어버린 무심에서
물결에 드리운 그림자 건지는
강변의 해오라기 시간 물어 삼킨다

천국이 내려 앉은 구름 꽃 침상
신선과 선녀가 입맞춤하던 살결 위로
비집고 일어선 아침태양의 소리
아! 또다시 바빠야할 혼들의 기상이다.

가는 세월 앞에서

바보같던 어리석은 봄이 떠나가고
열정적인 여름이 맹수처럼 날뛰더니
또다시 넋이 나갈 가을이 왔나보다

벌써 시린 눈꺼풀이 더욱 길어진다
숨통을 조여 묶다 싫증이 난 침묵이
횃불을 치켜들고 목으로 기어오른다

누구를 위하는 듯이 오가는 세월은
누구를 알지도 기억하지도 않으면서
무겁고 차가운 겨울을 또 던지겠지—

내 설픈 노련의 능청도 못지않으련만
세월의 광대 능청만은 못 따르겠다
하여도 돌아보거나 상관하지 않겠다

무한에겐 비웃음인 것을 생명체들은
행복이라며 질투하며 희망을 거는 것
세월의 불꽃놀이 봄여름 가을 겨울—

어지러운 미혹의 삶을 희망의 미끼로
해골 비운 눈으로 엿보는 자투리목숨
아직도 남은 세월가에서 낚고 있구나.
발등만 바라보는 사람들 다 어디 갔는가?

가을 석양

버둥대지 않고 늠름하게
자신의 죽음을 즐기는 석양
나그네 눈부셔 눈을 가린다

햇살의 촉수 해저를 더듬고
갈증을 토하는 붉은 빛은
서편하늘에 분화구를 뚫는다

목 메인 눈물 퍼 올리지 않고
노을의 장막을 치고
마지막 유언 어둠에 감춘다

183

하루를 만들어 파는 대장간
하늘을 불쏘시개 하고
두려움 녹여 다듬이질 할 때

파도처럼 심장이 일렁이는
삶의 여린 눈빛들은
희망을 새기는 기도를 한다

석양을 보는 이는 슬프다
그러나 황홀한 가을 녘
석양을 아는 이는 기쁘다

나그네가 짐을 푼 섬 하나
어둠의 바다로 숨어들고
별이 하나 둘 헤엄을 친다.

가을엔 여행을 떠나요

가을엔 혼자 여행을 떠나요
나와 세상이 처음인 것처럼

영혼의 알몸처럼 다 벗고서
자신이 없는 곳 어디든 가요

가다가 어느 숲에 걸쳐지면
산줄기로 누워 쉬었다 가요

단풍잎 다가와 고백을 하면
뜨겁게 사랑도 함께 나눠요

가다보면 수평선에 걸려서
노을로 불 탈 때도 있어요

남은 것 있으면 거기 태워요
밤별로 남아도 빛날 거예요

그렇게 혼자 여행을 떠나요
나와 세상이 처음인 것처럼ㅡ

춘심이(봄)

춘심春心이는
레이스 짧은 치마에 붉은 팬티를 입었네
하얀 신발에 아지랑이를 밟으며
손에는 박하꽃을 들고
입술에는 진달래 꽃술을 물고
눈동자엔 반짝이는 살구꽃이 별처럼 피었네
춘심이는 영원한 세 월이라네
오! 춘심이는
오늘도 산으로 강으로 바다로 날아다니네.

열정

육지를 애무하는 바다의 혓바닥은 지칠 줄도 모릅니다
그렇게 그렇게 짝사랑을 토해내고 있습니다
포구는 갈비뼈를 드러내고 바다를 끌어 안아도 만족을 못합니다
팽팽한 수평선은 풍선 같이 만삭의 몸으로
새벽마다 태양의 알을 낳습니다

저녁노을이 바다에 내려와 단풍잎을 붉게 바다에 깔아 놓으면
또 하루가 그물에 건져 올려져서 어부의 배에 실려져 옵니다
그리고 밤이면 달빛이 바다에 은빛 그물을 또 칩니다
구름 흐르는 하늘이 바다에 빠져 있기 때문입니다

시인이 말합니다
"오! 내 영혼의 바다여! 내 육체의 뭍으로 오라!
넋이 일어나서 산처럼 널 기다리고 있나니
사랑의 등대가 바다를 지키고 있을 때에 어서 오너라."

진정한 고향

진정
내가 태어난 곳이
어머니던가 고향이던가?

그것이 아닌 것이다!
인간이 태어나게 된 곳은
자연의 근원섭리태반인 것이다!
그래서 우리는 자연으로 돌아갔을 때
진정한 평화와 영원한 행복을 얻게 된다
인간 세상에 만족한 행복과 진정한 자유와
인간정신에 존재궁지가치 있다고 누가했는가?
천지인 정기 합 일치한 진리 사상 세우지 못하고
인간위주의 이기적 철학이나 종교의 편협 믿음이나
시대 유행도덕에 길들여져서 삶을 이끌고 낭비하면
진정한 사랑이나 신성한 생명의 요람 같은 평화
인간은 영원히 고통 속에서 얻지를 못할지니
어느 땐가 돌아볼지니 살고 더 살아볼지니
끝내 자연의 품이 고향이요 어머니요
자연의 섭리가 하늘의 말씀이요
진리라는 것 깨닫게 되어
그의 품 찾아들게 될지니.

달빛

한 밤중 창에 든 달빛이여
무엇을 더듬어 찾느뇨
어제 밤 풀고 간 옷고름
횃대에 걸려 있는데
저문 밤 식어 진 사랑체온
다시 찾으려고 왔느뇨.

영혼의 새처럼

홀연히 앞산에 올라
어젯밤 잠들었던
내 사는 마을을 내려다본다
찬바람 마른 숲 사이로
강 줄이 마을을 휘감고 돈다

삶의 세계를 떠난
죽은 영혼의 새처럼 가벼이
높은 산정에 독수리처럼 앉아
세월이 머문 생명의 흔적들을
애처롭게 내려다본다

내가 없는 마을에는
안개가 피어오르고
맥박소리들 지치게 숨어들 때

산바람은 수 겁의 시간날개로
생명의 초라
함을 안고 나른다.
홀로이 산정에 앉아

홀로이 산정에 앉아서
하늘의 정기 충전을 하고
지혈맥의 기 짚어 모으며
세상사 진맥을 두루하나니

생명생법이 자연법인지라
우주섭리이치가 생명일세
아! 세속 없이 숲이 되어서
산정기와 계곡 진액 마시는
나무, 벌레, 짐승, 풀꽃들
그들이 무아의 신선이라네

천진무구한 생명들뿐이니
천국세상이 자연일체일세

무엇이 아쉽고 궁하리오
서로주어 넉넉함뿐이니
신들의 평화가 가득한 곳
천지광명세계 황홀뿐이네

홀로이 산정에 앉아 있나니
인간은 신선 되지 못할레라.

사랑이란 이름으로

천년의 아름다운 사랑만을 골라 구슬 꿰어
임의 하이얀 목선에 목걸이를 만들어 주고

사랑마다에 그리움이 이슬처럼 열리듯이
방울방울 영롱한 눈물이 환희 되라고

이승저승 다 모아다가 이 계절에 널어 놓고
임의 심장 맥박소리 가져다가 집을 짓나니

영혼에 피는 꽃이 생의 영락 불꽃이라
어이 다 태우고 가랴 이 하이얀 계절에

두고두고 영원불멸 사랑이란 이름으로
임 하나 안고 가면 고통도 황홀한 세상일제.

동행

산길이 숲 사이를 올라갑니다
한 사람이 그 길 따라 올라갑니다
산길은 길이 있어도 없고
없어도 있는 것입니다
만난 적도 약속도 없었지만
하나의 길 위에서 사람을 만납니다
서로는 인사를 나누며 동행을 합니다
하늘과 땅과 숲과 사람과 길이 만나
하나가 되어 이 시대와 동행을 합니다

우리 인생길의 동행이 그러합니다
뜻이 있고 길이 같으면
원하지 않아도 동행자를 만납니다
동행이란 서로 함께 있어도
뜻과 목표가 틀리면, 동행이 아니요
헤어져 있어도 뜻이 같으면 동행입니다
동행은 서로에게 길이 되고
도움이 되면서 위로를 줍니다
그 동행은 선택이 아닌 운명입니다
앞을 달리는 인생길을 따라갑니다
인생의 길이란 있어도 없고
없어도 있는 것입니다
인연도 미리 약속되지 않았습니다
동행의 길이 동행자를 만듭니다
우연과 필연이 아닌 주어짐입니다
모든 길에서 진정 참의 동행이란
이기 없이 공유하는 나눔의 길입니다
그것이 의로운 이들의 인생길입니다.

대성리의 아침

밤이면 소쩍새 우짖고
아침이면 호롱새가 운다
앞산 암자에 누운 와불도 눈 뜨고
범종 소리에 귀 기울인다

청푸른 하루가 또 시작 된다
강물에 마음을 씻어내고
산바람에 정신을 빗질 한다
육신은 범종소리 끝나듯 고요하다

창가의 난초가 햇빛 안고 넘어져
거실에 그림자로 누워 배를 탄다
발 커튼 사이로 쪼개져 들어 온
빛 조각들이 파도를 탄다

창틀에 그려지는 아침의 화폭
생수 한 컵에 담아 마시고
선잠의 신기身氣 깨워 일으키니
기지개 두 팔에 청산이 안긴다.

숲의 정경처럼

산과 더불어서 자연 속에 사노라니
나의 입 속에 난초가 꽃을 피웠다

들꽃에 부신 햇살이 나날을 만들고
산약초가 세포 마다에서 자라난다

바람은 산에서 태어나 산에 잠들고
산새들은 귓속에다 둥지를 틀었다
만생명일체가 자연사랑을 나누니
하늘과 땅도 산에 앉아 나를 즐긴다.

새벽을 돈다

새벽을 돈다
아침공기 마실 다니듯 다닌다
비사리 자주색 꽃에
꿀벌들이 벌써부터 꿀을 따고 있다
계곡언덕에는 비둘기 한 쌍이 먹이를 쪼고
강가에는 학들이 조용한 물살에 발 담그고
아침 식사를 하고 있다
짐승들은 사람들을 피한 시간에서
하루를 시작하고 있다
사람들이 놀다 간 자리는
안개 속에서 휑하니 널부러져 있다
뿌연 안개바람이 피부를 휩싸고 돈다
멀리서 까마귀 울음소리가 청량하다
가벼운 마음이기에 무겁지 않은 시간으로
맞이하는 아침이다
생명이 뛰는 세상은 아름답다
그러나 생명들의 어우러짐은 더욱 아름답다
그리고
생명으로 생명을 사랑하고 느끼는 것은
지상의 가장 큰 행복이요 극락이다
이 새벽이 내게는 그런 것이다
또 다른 오늘에서 감사한다.

사람아! 너의 근원은 자연이니라! 2

사람아! 너의 근원 어디이더냐?

지구생명일체도덕 속에서 태어나
평화로운 자연의 천정사랑으로
인간생법 여건은 충분한 것을—
어찌 자연 모태법에 거역을 하고
천국의 자연에서 지옥으로 사는가?
탐욕과 이기, 가식과 허세 없어도
만 생명은 행복이 충만한 것을—
인간이 세운 가치들이 참이던가?
대자연 도덕에서 인정이 되던가?
자연세포가치로 무엇을 세웠는가?

사람아! 너의 근원은 자연이니라!

박옥태래진의 자작곡 1편

남는 것은 정분이야

박옥태래진
작사 · 작곡

편으로
조음느리게

한세상 을 살아봐 도 — 남은것 이없는 데 —
멫번가 시 태어나도 — 반족못 할인생인 데 —

무엇이 이룸을 — 꿈꼬가나 억접들아 태여난 이룸 —
무엇을 — 애타게 — 찾고있나 펴나고보면 흙이될 이룸

사랑을위 해 — 왔는가 영화를위 해 왔는 가
수작의불 꽃 — 태 우냐 생명의볼 꽃 태 우냐

모래성 을삶는인 생 — 베푼경 만남는인 생 —
화란만 에젊는인 성 =   "   "

담욕도 — 미카도 — 구름이야 사랑만 — 모두다 — 주고 떠나가도
화락도 — 슬픔도 — 순간이야

더욱마 할 인생이 야 — 남는것 은 정분이 야

196

남는 것은 정뿐이야

작사 · 작곡: 박옥태래진

(노랫말 1)
한세상을 살아봐도, 남는 것이 없는데
무엇이 이몸을 끌고가나, 억겁을돌아 태어난 이몸
사랑을 위해 왔는가, 영화를 위해 왔는가
모래성을 쌓는 인생, 베푼정만 남는 인생
탐욕도 이기도 구름이야, 사랑만 모두다 주고 떠나가도
다 못다할 인생이야, 남는 것은 정뿐이야

(노랫말 2)
몇 번 다시 태어나도, 만족 못할 인생인데
무엇을 애타게 찾고있나, 떠나고보면 흙이될 이몸
사랑의 불꽃 태우나, 생명의 불꽃 태우나
한번 밖에 없는 인생, 베푼정만 남는 인생
행복도 슬픔도 순간이야, 사랑만 모두다 주고 떠나가도
다 못다할 인생이야, 남는 것은 정뿐이야.

제 5 부

수 필

산

산

그래 말하지! 내가 왜 산사람이 되어 이렇게 살고 있는지! 사람들은 나를 산이라고 말하기도 해. 산에서 살고 산을 좋아해서 그런지도 모르지. 그러나 나는 산처럼 수려하지도 우람하지도 않아. 또한 묵묵하지도 가슴이 넓지도 않아. 그리고 하늘에 키를 잴 만큼도 한 자리에 가만있지도 못해. 나는 춥거나 배고프면 산처럼 참지도 못하고, 자신과 자기 것을 다 가져가도 불평 않는 산하고는 견주지 못해. 그러나 나는 산의 마음을 읽을 수는 있거든. 그래서 산을 누구보다 더 잘 알지. 산은 거대한 지구의 육체로서 살아있는 산맥의 근육과 신경과 뼈로 되어 있어서 살아있는 생명체야. 그리고 산에는 생명의 정기가 흐르고 있어서 생명체에 대한 사랑이 가득하지. 내가 산엘 올라갈 때면 산은 언제나 나를 반갑게 맞아 줘. 그래서 나의 산행은 혼자일 때가 많아. 그러나 동행자와 함께 갈 때도 더러는 있지. 나는 산의 능선을 타지 않고 계곡을 거슬러서 오르길 좋아해. 산의 등줄기보다 물이 흐르는 계곡 주변에 생명들이 더 많이 살고 있기 때문이야. 그래서 나는 등산화보다 장화를 신고 다니길 좋아해.

깊은 계곡에는 산나물과 약초가 가득하고, 봄이면 산수유와 산벗꽃과 진달래와 풀꽃들이 산체를 분장시키고 향기를 가득 뿌려 놓지. 그리고 동식물들과 곤충들도 천국에서 사는 듯이 평화로움 속에 활기가 가득 차 있어. 산은 그렇게 그들을 모두 품에 안고서 사랑과 생명의 정기를 고루 나누어 주고 있지. 또한 여름산은 모든 삼라만상의 생명들이 왕성한 기운을 내뿜으며 성장을 하지. 그리고 가을산은 또 얼마나 야하고 풍요로운

가? 그 아름다움의 극치는 인간의 만년을 보듯이 결실을 누리며 마지막의 화려함을 몸부림치듯 뽐내고 있는 것 같아. 또한 겨울산은 참으로 숙연하고 엄숙해. 눈을 하얗게 머리에 쓴 산은, 만 생명들을 하얀 솜이불을 덮어 놓고 깊이 잠들게 하고 있어. 또한 그렇게 하얀 세상은 언제나 나를 더욱 맑고 순수하게 만들어. 그래서 나는 모든 계절의 산을 다 좋아하지. 또한 숲의 자연생태와 그 섭리이치들은, 나를 가장 가슴 설레게 하는 진리로 인도하기도 해. 자연의 모태에서 태어난 인간들은 자연의 섭리를 모르고, 자신들만을 위한 이기도덕으로 살고 있어서. 항시 시기질투하고 탐욕에 빠져 싸우고들 있거든. 그래서 나는 도시를 떠나 자연의 세계와 산을 더욱 사랑하고 산에서 살게 되었었지. 내가 산을 오를 때, 습기가 많은 계곡을 통해 오르기를 좋아하는 것은, 그래야 계곡물 속에서 노니는 물고기들도 가까이에서 볼 수 있고, 아랫도리를 담근 바위 엉덩이에서 자라나는 이끼들도 더 자세히 볼 수가 있거든.

어쩔 땐, 노루와 멧돼지가 내려와 물을 먹는 모습을 볼 때면, 난 그들이 귀여워서 가슴이 두근거려져. 그럴 때면 산이 나에게 속삭이듯이 조용히 말을 하지.
"내 아이들이 놀라지 않게 자세를 더 낮춰 줘요!"
그러면 나는 시치미를 뚝 떼고 조용히 엎드리고서 나도 그들처럼 물을 마시곤 하지. 그러면 산은 또다시 말해.
"거기 옆을 자세히 한 번 봐요! 자벌레가 팔꿈치에 깔리겠어요! 그리고 키 작은 갈참나무가지 속에는 신방을 차렸을 테니 옆으로 돌아서 나오세요!"

정말이지 갈참나무 숲에는 찌박이새가 둥지를 틀어놓고 있었어. 그리고 그들이 사랑하는 것을 보자면 내 온 몸이 후끈 달아

오르기도 해. 그리고 나의 옛사랑 생각이 나게도 하지. 계곡을 점점 더 올라가면 울창한 숲에 머루 다래가, 느릅나무를 붙들고 그네를 타면서 바람에 타잔 소리를 내. 그리고 그 아래로는 원추리와 취들이 폭폭 솟으면서 칼 손을 흔들고 있어. 더 높은 계곡의 습지에는 산당귀와 오가피가 많이 자라고 있지. 난 미안한 마음이 들어도 몇 뿌리는 얻어 오지. 그것들은 사람의 건강을 위해서 산이 주는 좋은 선물이라 생각하는 것이야. 산은 부끄러운 듯이 내게 사랑도 고백을 해. 그리고 겸연쩍어 하면서 내게 장난도 치고 숨바꼭질도 시켜. 그럴 땐 나는 화가 나서 땅을 쿵쿵 몇 번 크게 밟기도 하지.

작년 봄에는 몸이 안 좋아 잠시 집에 틀어박혀 있었더니, 창밖에서 먼 산이 자꾸 부르고 있었어. 그래서 제자 두 명을 데리고 그 소리를 따라서 나섰는데. 가서 보니 내가 강원도에 있는 어느 산에까지 와 있었어. 그 산이 나를 부르고 있었던 것이야. 산자락을 조금 오르자 다래 넝쿨이 펼쳐져 있었어. 연둣빛 다래순들이 솟아나 지천으로 널려 있어서 제자들을 유혹했기에. 나는 그들을 남겨두고 계곡을 따라서 혼자 높이 올라갔었지. 그리고 중간쯤 높이에서 심호흡을 하고는 잠시 쉬기로 했어. 맑은 실계곡수가 흐르는 작은 언덕위에 잠시 누워서 하늘을 바라보고 있었는데, 그때 산이 내게 말했어.

"살려주세요! 자연과 산들을 살려줘요! 인간들이 병균처럼 지구를 갉아 먹고 있으니, 이 땅을 살려줘요! 당신은 인간이면서 자연철학을 깨쳤으니, 당신이 인간들 앞에 우리를 대신해서 나서줘요! 산들이 죽으면 자연과 인간들도 모두 죽을 거예요. 파괴적인 인간들을 우린 스스로 설득하지 못해요. 그 일을 당신이 제발 대신 해 주세요. 산의 정령들이 당신을 모두 부르고 있어요. 이제부터 산의 큰 정기를 받아서 높은 정신을 펼칠 큰 힘을 드리겠어요. 산들이 모두 도울 거예요." 하고 말했어. 나는 깜짝 놀라서 자리에서 벌떡 일어났는데. 그게 꿈이었다는 사실에 더욱 놀랐었던 것이야. 잠시 누웠던 사이에 깜박 잠이 들었던 모양이야. 그리고 나는 무심코 주위를 둘러보았어. 그 런데 이게 웬 일인가?! 내 주위에는 파랗게 키를 세운 산삼들 이 바람에 춤을 추고 있었어. 이파리 위에 은서리를 깐 듯이 은 빛 광채가 나면서 서기를 발하고 있었어. 그리고 손자에서 증 조부까지로 천종산삼의 가문이 그 주위에서 손을 흔들고 있었 던 것이야. 나는 산 아래에서 다래순을 채취하고 있는 제자들 을 불렀지. 그러자 제자들이 올라와 그것을 보고는 깜짝 놀랐 어. 그리고 그 곳에 엎드리며 산에다 큰 절을 하였어.

그 때 나는 조용히 마음을 가라앉히고서 산에게 말했어.
"날 얼마나 부려먹으려고 그래?" 그러자 산이 말했어.
"내가 당신이고 당신이 나예요. 그러니 당신의 뜻에다 내 사 랑선물을 보내니, 당신이 알아서 해요." 그래서 난 말했어. "날 심부름꾼 적임자로 내세워 일을 시키겠다는 것이로군. 꼭 그래야 한다면 나의 정신과 함께 그대들을 대신해 보겠어!"
나는 그렇게 말하고, 제자들과 함께 산삼을 조심스럽게 모두 캐었어. 그랬더니 뿌리나 되었어. 그래서 집에 돌아와 불치병 을 앓는 사람에서부터 산삼에 인연이 될 만한 적덕한 사람들에 게 모두 나누어 주었지. 수억 원 대의 산삼을 일원도 안 받고 모두 나누어 줘 버리고 나니, 사람들이 나보고 미쳤다고 말했 어. 그래서 나는 말했지. 그런 내가 미쳤다면, 산삼을 내게 그 냥 준 그 산도 미쳤겠네? 하면서 웃었지.

어쨌든 백년 산삼은 영물임이 틀림없었어. 제일 큰 놈을 거실 화분에 며칠 심어 놓았었는데, 나와 마주하면 녀석은 몸을 흔들면서 잎들을 상하좌우로 문어발 움직이듯 꿈틀거리면서 나를 맞았어. 하루에도 몇 번씩 그랬어. 내 말 아마 못 믿을 거야. 그러나 그건 사실이야. 함께 본 사람이 열 명도 넘으니까. 내가 두 손을 펴서 기를 보내면 산삼은 이내 반응을 하고 분에서 분까지도 계속 꿈틀거렸어. 그것을 보고 있던 기독교인 한 청년은, 이마에서 땀을 줄줄 흘리고 무서워서 그 자리에 굳어버렸어. 그때 나는 산삼과 청년 그 둘을 함께 달랬어.

"그만해! 제발 그만해! 이제 알았어!" 하면서 멈추게 했어. 그리고 다음 날, 그 마지막 산삼은 나와 하나가 되는 의식을 치렀고 내 가슴속으로 영원히 심어졌어. 그 후로 나는 산의 뜻을 더 잘 알게 되었던 것이야. 그리고 언제나처럼 나에게 지금도 많은 선물을 주고 있는 것이지.

"당신은 내 정기가 가득한 여러 산 약초들을 옳게 쓸 거야. 그것은 인간에 대한 내 사랑이야." 산은 그렇게 말하곤 하지.

그래서 나는 아픈 사람에게 베푸는 산의 심부름을 계속하고 있는 것이야. 그 후로 나의 집을 찾는 사람들에게는 언제나, 산이 준 천기신선탕을 대접하게 되었던 것이야.

여름에는 숲이 밀림처럼 우거져서 다니기가 힘들어도. 나는 사람이 안다니는 길 없는 길을 더욱 좋아해. 나는 사람이기보다 식물이나 짐승이기를 더 좋아하거든. 한 번은 혼자서 밀림 숲을 헤치다가 지치고 배도 고파서 쓰러졌는데, 머리맡에서 짙은 향기가 말했어. "안녕! 안녕!" 그래서 돌아보니, 더덕이 주위에 쫙 깔려 있었어. 나는 팔뚝 같은 더덕 몇 뿌리를 캐어서 옷소매에 쓱쓱 문질러서 씹어 먹었더니 이내 기운이 솟았어. 그리고서야 고개를 들고 보니 산이 빙긋이 웃고 있었어. 나는 그래서 힘을 다시 냈지. 그리고 그 친절한 깊은 산 속의 봉긋한 작은 가슴위로 올라가서 말했지.

"여기가 네가 감춘 천장지비의 명당이로구나? 나는 여기서 한 숨 잘 테니 이젠 깨우지 마." 하고서 깊이 잠이 들었어.

그때 나는 땅 속으로 스며들듯이 꺼져 들었어. 땅 속을 다니는데, 하늘을 나는 것처럼 자유자재로 돌아 다녔어. 산의 땅 속은 참으로 오묘했어. 바깥세상보다 더 질서가 있고 아름다웠어. 땅 속에는 불의 하늘과 물의 은하수가 있었어. 그리고 나무 뿌리들이 모여서 동리를 이루고, 벌레들과 수많은 광물질들이 서로 정기를 보내고 오순도순 사랑을 나누면서 산의 정기를 이루고 있었어. 산속의 핏줄은 바위의 뼈 사이로 흐르는 산정기를 퍼 담아다가 각종 뿌리들이 사는 마을들로 보내고 있었어. 나는 용암이 언젠가 지나갔다는 그 길을 따라서 가 보았어. 그런데 그 길 따라 곳곳에서는 아직도 각종 행사들이 열리고 있었어. 김이 모락모락 나는 그곳에는 쿵쿵 방아를 찧어대고, 끓는 가마솥에서는 뜨거운 안개구름이 자욱이 피어나고 있었어. 나는 그곳의 따뜻한 훈기에 사우나를 한 듯이 내 온 몸에서는 땀이 솟아 줄줄 흘렀지. 땅 속의 나무뿌리들이 모두 손을 흔들었어. 그래서 나도 반갑게 손을 흔들었지. 땅 속에 바람은 객기가 없는 육체에서 이는 신경의 흐름처럼 예민한 기운풍으로 되어 있었어. 나는 땅 속 끝까지 가 보고 싶었지만, 산이 부르는 소리에 그만 잠에서 깨고 말았어.

"그 곳은 가만있기만 해도 좋은 곳이어요! 땅 위에서는 사람이 돌아다니면서 정보를 얻지만, 땅속정보는 명당 한 곳에만 있으면, 가고 싶은 곳들과 알고 싶은 것들의 정보가 스스로 그 곳으로 모이거든요. 그리고 보여주고 가르쳐 주면서 큰 천기도 나누어 준답니다." 하고 말했어.

그때 나는 새로운 것을 많이 깨달았어. 땅 위에만 생명이 많은 줄 알았었는데, 땅 속에도 생명의 세상이 있다는 것을. 그리고 땅 속에는 어마어마한 지구의 기운이 소용돌이치고 있어서, 그 기운들이 산줄기를 타고 흐르고 있다는 것도 알았던 것이야. 그리고 그 기가 뭉쳐서 쉬고 있는 곳이 바로 명당이었던 것이야. 명당에서는 자연의 천기와 산의 혈기가 뭉쳐있어서 주위의 만 생명들에게 크게 이로운 생기를 발하고 있었어.

그 후 나는 산의 초대로 산의 정맥들을 따라서 전국의 명산 명당들을 다 찾아 다녔었지. 자연은 그야말로 천국의 세계였어. 그리고 사랑 그것이었어. 언젠가 산이 내게 말했었지.

"인간들은 천국의 세계에 내려와 살면서 지옥으로 살아가고 있어. 그리고 어리석게도 신들의 세계를 부러워하지. 알고 보면 신들의 세계는 지옥인 것이야. 왜냐하면, 신들의 세계는 희로애락이나 식도락도 없고 죽음도 없으니, 오직 영원히 지겹고 권태로운 무미세계인 것뿐이야. 그러니 따지고 보면 존재의 의미나 가치도 있을 필요가 없는 것이거든. 그래서 신들이 가장 가고 싶어 하는 천국이 어디냐 하면, 바로 생명이 사는 이세상의 생계란 곳이야."하고 말했지.

나는 산의 말이 모두 옳다고 말했어. 자연과 산과 만 생명들은 나에게 언제나 말을 걸어와. 나는 그들의 언어를 알고 있지. 그들도 눈코입귀가 있고 오감을 가지고 있거든. 인간과 다른 모양과 다른 방식으로 보고 듣고 말하고 느끼면서, 서로에게 도움을 주고받으면서 사랑을 나누거든. 그리고 그들의 사랑은 인간의 이기적인 사랑과는 차원이 다르지. 그들의 사랑은 자연계 모두를 어우르는 천기의 정으로 베푸는 크나큰 천정天情의 사랑이야.

천정天情을 말하자면 이런 것이야. 사람이 숲을 보고 평화로워 하는 것은 숲에다 정을 주고 있기 때문이지. 그리고 숲 또한 정을 보내오고 있기 때문인 것이야. 길을 가다가 우연히 하늘을 바라보았을 때에 하늘이 좋아지고 그리운 정이 일어나는 것이라든지, 풀밭 위에 앉아 잠시 쉴 때에도, 기분이 상쾌해 지고 평화로워 지는 것은, 산과 숲 풀밭 그들이 모두 정을 쉴 없이 보내어 주고 있기 때문이야. 그 정은 우주생명체의 근원도 덕의 사랑으로서, 만 생명들에게도 내재된 일체융합의 정기요 사랑인 것이야. 그렇게 크고 높은 그 정은, 우주를 하나로 엮어 주는 기둥이 되는 정으로서, 만물들이 서로 사랑하고 의지하면서 서로를 위하여 끊임없이, 서로 원한바 없어도 자신들의 정기精氣를 나누어주는, 그런 평화의 정情인 것이야. 그것은 곧, 천정天精의 정기精氣가 사랑의 덕으로 화한 정情으로서, 그 정을 천정天情이라 하는 것이야. 인간 세상에서 일어나는 애정이나 동정과 우정 따위 등의 정들이란, 인연의 인과에 의지되어 이루어지거나 인위적 욕구의 바람으로 이루어진 정들뿐이야. 그래서 그 인정人情 속엔 언제나 이기가 스며 있고 보상의 욕구를 동반하고 있는 것이지.

그래서, 인연이 있든 없든 나누고 베푸는 순수한 자연의 천정天情은 인간의 인정人情과는 차원이 다른 것이야.

그 후 나는 산과 숲과 하늘과 하나 되어서 천정인이 되었어. 나는 모든 생명들과 더없이 상쾌하고 맑은 평화를 느끼면서, 자연의 진리 속에 살 수 있다는 것이 너무 행복해. 그래서 나는 산이 너무 고마운 것이야. 그리고 이 세상에 천정이 가득 차 있다는 것을 처음 알았을 때, 내가 천국의 세상에 거듭나 있었다는 것을 알았던 것이야. 그래서 나는 인간의 이기적인 도시를 벗어나 천국에 와 있음이야. 그리고 산이 되고 숲이 되고 벌레도 되고 물도 되면서 그들과 함께 사랑을 나누고 살고 있는 것이지.

이제 알겠어? 내가 왜 산에 와서 이렇게 산이 되었는지? 자! 신선천기주 한 잔 더 마시고 길을 떠나게나. 난 이제 다시 산으로 올라가야하니까!

초인 **박옥태래진**
대표명시 200선

> 전국총판
> 도서출판 글밭기획
> TEL : 010-3755-5878
> E-mail : Jjp7788@naver.com

초판인쇄일	2024년 10월 01일
초판발행일	2024년 10월 05일

판권협의
인지생략

지 은 이	박옥태래진 박사
발 행 처	**NOBEL TIMES**
발 행 인	有田 俞 在 琦
등 록 번 호	서울특별시 종로4-00048
발 행 처	서울특별시 종로구 삼일대로 30길 21 종로오피스텔 1120호
전 화 번 호	(02)747-8726 / 010-5331-8726
이 메 일	hbdad@naver.com // hbdad@hanmail.net
Homepage	nobeltimes.com

등 록 일	2021년 4월 29일
편 집 인	다담기획
I S B N	979-11-987833-1-8 03800
정 가	20,000원